Collection folio junior

*Série "plein vent"
dirigée par André Massepain*

Originaire de Corfou, **André Kedros**, dit **André Masse-pain** obtient son diplôme de docteur ès lettres à l'université Charles de Prague, en 1938. Après avoir participé à la résistance, en Grèce, il vient à Paris, fin 1945, comme invité du gouvernement français d'alors.

Spécialiste de la psychologie de l'enfance, il participe à des recherches importantes dans ce domaine, commandité par le Centre International de L'Enfance de Genève, et par l'Unesco.

En 1947, il publie son premier roman écrit directement en français.

Depuis, André Kedros a publié une douzaine de romans pour adultes, et autant d'ouvrages pour les enfants.

Actuellement, André Kedros est éditeur-conseil aux Editions Robert Laffont où il dirige plusieurs collections, parmi lesquelles la collection « Plein-Vent ».

André Massepain

L'île aux fossiles vivants

Robert Laffont

© Éditions Robert Laffont, 1967.

Nager pour sa vie

Jérôme cracha l'eau de mer qui lui emplissait la bouche et, par-dessus la crête fouettée par le vent, chercha des yeux son frère. A quelques mètres sur sa droite, Gilles avait glissé au creux de la vague. Il ne donnait pas de signes de fatigue. « Pourvu qu'il tienne le coup moralement ! » pensa Jérôme. A 16 ans — et bien qu'il fût son cadet de deux ans — Gilles était aussi robuste que lui-même et un crawler au style accompli. L'année d'avant, il avait gagné un concours de nage en traversant le bassin d'Arcachon, réputé pour ses courants dangereux, dus à la puissance de la marée. Mais, cette fois, il ne s'agissait pas de sport. Ils nageaient pour leur vie, dans une mer déserte et démontée, à l'autre bout du monde. Vu les circonstances, Jérôme craignait chez Gilles une défaillance nerveuse. L'affolement pouvait désunir sa nage et alors Jérôme ne donnait pas cher de leurs chances de parvenir jusqu'à la côte.

Le tumulte de l'océan balayé par la tempête, la lutte que Jérôme menait pour respirer correctement entre deux lames, lui interdisaient toute réflexion suivie. Des souvenirs effrayants s'envolaient comme déchiquetés par le vent, pendant que les poumons et les muscles travaillaient, machinalement, mus par la volonté farouche de « tenir »... Jérôme s'interdisait de penser aux « autres ». Qu'étaient-ils devenus, les passagers et ce qui restait de l'équipage ? Un avion en flammes s'écrase sur l'océan ravagé par la mousson... Des passagers s'efforcent désespérément de se sauver dans un canot fragile... D'autres tombent à l'eau... Y avait-il seulement des survivants ? Le mariage horrible du feu et de l'eau... Une épave vite engloutie par les flots... Non, non ! il fallait chasser de l'esprit ces images d'horreur qui vous glaçaient le sang... « Mon Dieu, pourvu que Gilles tienne jusqu'au bout !» se dit encore Jérôme. Toute pensée et la crainte même s'effacèrent devant l'instinct de conservation le plus brutal. Une lame monstrueuse avait submergé Jérôme et le jeune homme suffoqua pendant de longues secondes avant de pouvoir reprendre souffle. Son premier coup d'œil fut pour son frère : Gilles s'était tiré, lui aussi, tant bien que mal du raz de marée. Au sommet de la vague, Jérôme plana un instant, presque immobile. Il aperçut, à travers la grisaille des embruns, la côte défendue par la barre. Elle s'était rapprochée. Mais la certitude qu'il leur fallait, coûte que coûte, vaincre et traverser la mer qui se brisait à l'approche de la terre ferme, lui ôtait, pour l'heure, tout courage. Gilles crawlait toujours, mais Jérôme eut l'impression que son frère peinait. « Encore heureux, se dit-il, que nous soyons dans le Pacifique et que l'eau soit tiède... Sans quoi... » Il n'acheva pas sa pensée. Il était tenaillé par l'inquiétude que lui inspirait son frère. « Il faut que je lui parle, songea-t-il, il faut que je le calme... » D'un coup de reins vigoureux, il se rapprocha un peu plus de Gilles. Les deux garçons nageaient maintenant côte à côte. Jérôme observait son frère à chaque fois qu'il sortait la tête de l'eau. Les traits de Gilles n'étaient-ils pas crispés ? Il crut surprendre — mais peut-être se trompait-il — un regard de détresse. « Je devrais lui parler, pensa de nouveau Jérôme. Lui parler... lui dire des choses quotidiennes, apaisantes. Lui rappeler la formidable tarte aux fraises que nous avons dévorée à Hong-kong... Ou les derniers propos d'oncle Martin : « Mes enfants, vous êtes des... faire un si beau voyage à votre âge !... » Tu parles d'un beau voyage !... Si Gilles pouvait

9

entendre ma voix... Si je pouvais garder ma voix calme... ». Jérôme tournait en rond. Sa pensée fiévreuse obliqua de nouveau vers la barre qui les attendait là, à un kilomètre à peine, et dont il lui semblait déjà entendre le grondement de tonnerre... Il s'approcha encore plus de Gilles et ouvrit la bouche comme pour lui parler. Mais c'était là pure folie. Les éléments déchaînés emporteraient ses paroles avant même qu'il ne les eût véritablement proférées. Et, de toute façon, la lutte perpétuelle pour respirer correctement dans ce bouillonnement d'eau l'empêchait d'articuler quoi que ce fût.

De nouveau, Jérôme eut l'impression que le regard de Gilles était apeuré et qu'il demandait aide. Gilles aussi songeait peut-être à la terrible épreuve qui les attendait. Jérôme se sentit défaillir. Un sentiment humiliant d'impuissance dérégla ses mouvements. En voulant respirer, il ouvrit la bouche au mauvais moment et avala de travers une grande gorgée d'eau salée. En toussant et en cherchant son souffle, il dut s'arrêter de nager. Tout en pédalant frénétiquement pour maintenir sa tête au-dessus des flots, il toussa de plus belle nettoyant ainsi sa trachée. Quelqu'un l'aidait dans ses efforts, en le frappant dans le dos. C'était Gilles. Le petit frère, pour lequel il se faisait tant de mauvais sang, venait à sa rescousse. Jérôme jubilait. Si Gilles était encore capable de ce geste de sollicitude, c'est qu'il disposait de réserves morales intactes. Les deux frères étroitement enlacés, faisaient maintenant du surplace, unissant leurs forces pour remonter à la surface après chaque vague qui les recouvrait.

— La barre ! hurla Jérôme à l'oreille de son frère.

Gilles hocha la tête pour montrer qu'il avait entendu. Jérôme profita d'un creux de vague pour crier encore :

— Il faut la traverser en plongeant.

Sa bouche s'était remplie d'eau, il n'était pas sûr que Gilles eût compris.

— En plongeant ! cria-t-il de nouveau à l'oreille de son frère. La... traverser à la racine !...

De nouveau, Gilles acquiesça. Recouverts par la mer, ils se séparèrent et chacun reprit sa nage. Ils entrèrent bientôt dans une zone où les lames longues et puissantes du large, décapitées par les rafales, interféraient dans un bouillonnement désordonné. Ils approchaient de la côte. La nage devint plus difficile. Bientôt, l'immense chaudière retrouverait son articulation rythmée, mais les nageurs seraient alors happés par le rouleau compresseur de la barre.

Jérôme distinguait maintenant mieux la côte. Ses premières impressions se précisaient : Adossée contre des falaises crayeuses, une langue de terre déserte en forme de baie, ponctuée de cocotiers, si basse et si unie qu'elle ne pouvait être qu'une plage de sable. Jérôme espérait ne pas se tromper. Si le fond n'était pas sablonneux, si des récifs parsemaient l'approche de la terre, c'en était fait d'eux. La barre les broierait contre les bancs de corail et l'océan ne recracherait que leurs cadavres déchiquetés.

L'angoisse de Jérôme était à son comble. Gilles songeait-il aux mêmes périls ? La fatigue commençait à se faire sentir. Les deux frères nageaient avec des mouvements plus lents. Jérôme essayait d'utiliser au mieux le poids de ses bras et de son corps, afin de ménager ses forces. Soudain, dans le ciel sans nuage, mais que la tempête barbouillait d'un gris sale, un goéland apparut et se mit à tournoyer au-dessus des nageurs. Intrigué par ces poissons inconnus, l'oiseau commença à les survoler presque au ras des flots. C'était absurde, mais la présence de cet être vivant, dont le vol puissant défiait la tempête, redonna du cœur à Jérôme. L'aisance majestueuse du grand oiseau de mer semblait s'insinuer mystérieusement dans ses propres mouvements. Jérôme respirait plus librement, sa nage devint plus souple. Le goéland les escortait toujours, tel un pilote ailé envoyé par une Puissance mystérieuse...

Le grondement des lames brisées était devenu très fort. A 200 m. devant eux, de longues vagues incurvées semblaient galoper vers le rivage, en secouant leurs crinières d'écume, tels des chevaux sauvages. Déjà, Jérôme ressentait un fort effet de succion qui accélérait sa nage. A sa droite, Gilles sortait la tête pour respirer. Une dernière fois le regard des deux frères se croisa. Le moment de vérité approchait. Le bruit assourdissant de la barre les étourdit, puis, soudain, ils furent soulevés, engloutis et entraînés comme des fétus dans une avalanche d'eau écumante.

Jérôme avait eu le temps de remplir ses poumons d'air. Complètement submergé, propulsé à une vitesse effrayante, il s'efforçait, avec sa dernière énergie, de plonger, afin d'échapper aux lames dont il était le jouet. Il y parvint dans un suprême effort et, bien qu'étant toujours la proie d'une force gigantesque qui l'entraînait sans rémission, il accéda à une zone plus calme et put reprendre ses esprits. Le rivage ne pouvait plus être loin, mais

13

Jérôme devait absolument remonter à la surface pour respirer. D'instinct, il nagea de toutes ses forces pour atteindre la dépression se creusant entre deux lames qui se suivaient. A la profondeur où il se trouvait, c'était là une entreprise difficile, mais qui demeurait possible. A la surface, il eût été incapable d'échapper à la cataracte d'écume qui l'eût noyé en le gardant prisonnier. En faisant un effort surhumain, Jérôme parvint à se libérer de l'emprise de la barre qui courait toujours à une allure folle vers la côte. Il remonta à la surface, à bout de souffle, inspira l'air de toute la capacité de ses poumons, et fut aussitôt saisi par un nouveau rouleau. Cette fois, il n'eut plus ni la force ni le courage de lutter. Abasourdi par la masse d'eau effervescente qui l'avait balayé, il n'eut qu'une pensée : « C'est la fin... ».

Une secousse brutale le tira de son étourdissement. Il sentit le contact du sable dur et humide. Il n'eut pas le temps de s'en réjouir. En se retirant, la lame, comme jalouse de sa proie, l'aspirait avec une force démente et avide. Sans réfléchir à rien, dans un réflexe suprême, Jérôme s'agrippa au sable lisse avec ses orteils, avec ses mains, résistant de son mieux à la mer qui voulait l'avaler de nouveau. Il fut entraîné ainsi vers le large sur une centaine de mètres, puis l'océan lâcha sa prise. Épuisé, Jérôme eut encore le courage de remonter, en se traînant, la pente douce de la plage. Bientôt, il sentit sous son ventre le sable chaud et sec. Sauvé. Il était sauvé. A moitié inconscient, il promena son regard brouillé sur l'étendue de la plage. A une distance qu'il ne pouvait évaluer, une forme allongée gisait sur le sable. Était-ce Gilles ou seulement un tronc d'arbre? Et si c'était Gilles, était-il mort ou vivant? L'angoisse qui accompagnait ces questions était lointaine et irréelle. Le disque du soleil se frangea de noir, devint opaque, et Jérôme sombra dans une nuit profonde...

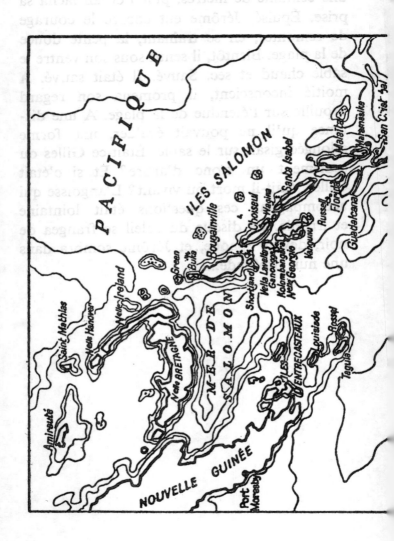

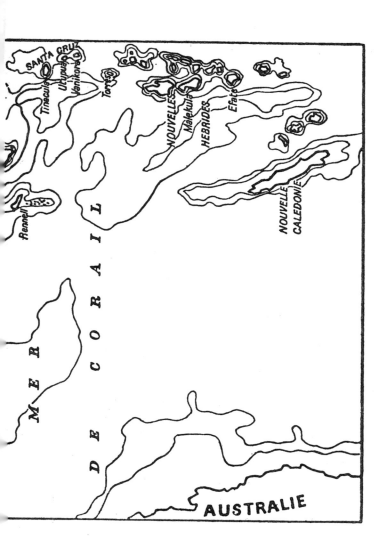

Une île perdue

Lorsque Jérôme rouvrit les yeux, le soleil plongeait à moitié derrière l'horizon, dans une débauche de couleurs allant du rouge sang au plus délicat orangé. Machinalement, il consulta la montre à son poignet. Elle indiquait 9 heures. Avec le même geste automatique, il porta la montre à son oreille. Étanche, d'une belle fabrication, le mécanisme avait résisté à la longue immersion. La montre marchait. Jérôme se souleva à moitié en s'appuyant sur son coude. La mer était calme. Près du rivage, des dizaines de mouettes la survolaient en rase-mottes, en poussant des cris de poulie rouillée.

Soudain, Jérôme sortit de sa torpeur. Où était son frère? Avait-il rêvé ou...? Non, cette forme allongée sur la plage ne pouvait être que Gilles. Les muscles endoloris par sa longue lutte avec la mer, Jérôme se mit debout et courut auprès de son frère. Il gisait le visage contre le sable. Il avait saigné abondamment

19

d'une estafilade qui lui barrait la cuisse gauche.

Affolé, Jérôme saisit son frère par les épaules et le retourna. Il scruta les paupières baissées, le visage pâle et immobile. Son cœur se serra. Mais voici que les cils de Gilles se mirent à trembler. Au bout de quelques secondes, le garçon rouvrit les yeux, reconnut Jérôme et ses lèvres exsangues esquissèrent un sourire.

Jérôme poussa un soupir de soulagement. D'une caresse maladroite, il promena sa main dans les cheveux emmêlés et pleins de sable de son frère. Comme sous l'effet d'un souvenir terrifiant, les pupilles de Gilles s'agrandirent.

— Mon Dieu... murmura-t-il. Il me semble avoir vécu un cauchemar...

— C'est fini, mon vieux ! le consola Jérôme affectueusement. Nous voici sains et saufs ! Ta blessure ne te fait pas mal? Tu devrais la laver à l'eau de mer...

— J'ai dû m'écorcher sur un récif...

Gilles examinait sa cuisse d'un air absent. Jérôme eut un frisson à la pensée que son frère avait frôlé la mort. Catapulté par la barre, s'il avait rencontré le brisant de plein fouet, il n'eût plus été maintenant qu'un pantin disloqué.

— Que penses-tu qu'il soit advenu des

autres? demanda Gilles en se soulevant sur un coude.

La tristesse qui voilait sa voix était elle-même une réponse. Jérôme s'accusa un instant d'égoïsme, mais le sort de son frère l'avait tellement préoccupé, qu'il n'avait consacré depuis son réveil la moindre pensée à ses autres compagnons d'infortune. Etait-ce à cause de cet engourdissement mortel qu'il ressentait dans tout son corps? Ses souvenirs se brouillaient... Les détonations dans les tuyères de l'avion... Le bruit de soufflerie des flammes faisant irruption dans le fuselage. Et le visage de craie du Commandant de bord donnant ses ordres en vue de l'amerrissage forcé... Non, ils n'avaient pas eu le temps de mettre leurs ceintures de sauvetage !... Le choc brutal.. l'huile enflammée se répandant à la surface de la mer... Les passagers n'étaient pas nombreux... Quelques femmes, quelques vieux messieurs avaient quitté l'avion par la cabine de pilotage... Tout s'était passé très vite et sans un cri... Il n'y avait eu ni panique, ni bousculade... Le Commandant et son second avaient aidé les passagers à prendre place dans le canot pneumatique, que les vagues secouaient dans tous les sens... Hallucinés, les passagers avaient obéi comme des automates. « La terre est proche, répétait le Commandant, la terre est proche... Du côté de la terre, cependant, la mer démontée était en flammes. Pour rejoindre la côte, le canot devait faire un grand détour. Débarrassés de leurs vêtements et n'ayant gardé que leur slip, Jérôme et Gilles s'étaient jetés à l'eau... Le canot était surchargé, une femme était tombée à la mer... Les deux frères avaient aidé à son repêchage... Des hommes âgés, que rien ne disposait à cet exercice, maniaient les rames... Ils s'efforçaient d'éloigner le canot du lieu du sinistre. Mais, poussé par le vent, le frêle esquif était entraîné de plus en plus vers le large. Alarmés, les deux jeunes gens s'étaient essayé pendant un certain temps à le suivre en crawlant à mort. Très vite, ils l'avaient perdu de vue. Cette poursuite effrénée n'avait pas de sens. Ils étaient hors de souffle. La terre était là, à leur droite. Ils devaient ménager leurs forces et essayer de la gagner à la nage. En rectifiant leur direction, les deux garçons avaient vu une fumée épaisse s'élever sur les lieux de l'amerrissage. Mais l'avion avait disparu...

Jérôme repensait à ces événements dramatiques, parce que son frère l'y avait forcé. Mais il avait du mal à y croire tout à fait. Gilles attendait pourtant sa réponse.

— Peux-tu marcher? lui demanda Jérôme.

Gilles se leva péniblement. Lui aussi était vidé de ses forces et sa blessure semblait l'incommoder, car il boitait un peu. Calme, l'océan léchait la plage avec de petites vagues soumises. Jérôme lava soigneusement, à l'eau de mer, la plaie de son frère. Immense, le soleil avait disparu presque entièrement derrière l'horizon. Le ciel de braise semblait s'éteindre à vue d'œil. La nuit tombait vite.

— Nous allons longer la mer, dit Jérôme. Peut-être trouverons-nous des survivants.

Sa voix n'exprimait aucune conviction. Leur regard embrassait, malgré l'obscurité grandissante, toute la baie en forme de demi-lune. Or, à perte de vue, il n'y avait sur la plage que quelques troncs d'arbres blanchis par le soleil.

—Où penses-tu que nous sommes? demanda Gilles.

Jérôme haussa les épaules.

— Je n'en sais rien, mon vieux. Tu es plus fort que moi en géographie.

— Oui, mais je n'ai aucun point de repère.

— Attends. Nous avons décollé de Manille à 7 h 30. Notre avion volait à une vitesse de croisière de 800 km à l'heure. L'accident a eu lieu vers 2 h de l'après-midi. Nous nous trouvons donc à environ 5 000 km à l'est de Manille.

23

— A 5 000 km à l'est de Manille... répéta Gilles d'un air pensif. Oui, mais... N'oublie pas ce détour dont nous avait parlé le copilote... A cause du cyclone.. De toute façon, nous sommes loin de tout continent. Nous devons être sur une île.

— C'est ce que je pensais aussi. Peu importe d'ailleurs, pourvu qu'elle soit grande... et habitée.

Gilles hocha la tête, mais ne dit rien. Les deux frères longeaient la plage d'un pas lent, Gilles traînant un peu la jambe. Ils se sentaient tout petits et tout perdus dans ce désert. Ils étaient hantés par mille questions angoissantes. Mais ils avaient chaud au cœur parce qu'ils étaient vivants et parce qu'ils savaient que, quelles que fussent encore leurs épreuves, ils pouvaient compter l'un sur l'autre.

— Tu sais, reprit Gilles dans toute cette partie du Pacifique, les terres qui abritent un peu de civilisation sont rares. Autant dire que je parierais 100 contre 1 que nous nous trouvons sur une île perdue, habitée tout au plus par quelques indigènes.

Jérôme fronça les sourcils. Il jeta un coup d'œil vers les falaises qui bordaient la baie. Là, les cocotiers jaillissaient d'une brous-

24

saille épaisse. « La jungle... pensa t-il avec un frisson. Si Gilles disait vrai... »

— Bah ! s'exclama-t-il, comme pour conjurer le sort. Nous ne sommes plus au temps du capitaine Cook. Ni même à celui du Bounty. Aujourd'hui, les indigènes ne reçoivent plus les étrangers à coups de sagaie... D'ailleurs, ils ont la radio ...

Jérôme s'efforçait de parler sur un ton léger, apaisant. Mais le couchant allumait dans la lumière de la jungle des buissons ardents. Tantôt on eût dit des incendies, tantôt d'immenses flaques de sang. Et la jungle était menace et mystère... Jérôme se racla la gorge.

— Evidemment, reprit-il sur un ton plus bas, si nous sommes sur une île déserte...

Il n'acheva pas. L'hypothèse était redoutable. Ils étaient démunis de tout. Pour tenir, il leur fallait boire et manger. Si l'île était privée d'eau potable, ils étaient condamnés à court terme à une mort atroce. Mais même s'ils trouvaient de quoi étancher leur soif, quels seraient leurs moyens de subsistance ? Ils ignoraient tout de la faune et de la flore de ces terres exotiques. Ils ne disposaient d'aucune arme, d'aucun engin qui pût leur servir pour la pêche. Leur seul espoir tangible était les noix de coco, leur chair et le liquide qu'elles contenaient. Mais pouvait-on vivre longtemps de ces fruits, par ailleurs si difficiles à ouvrir? Oui, jouer au Robinson poserait un certain nombre de problèmes ardus.

— Si nous disposions au moins d'un couteau, dit Gilles.

Jérôme comprit que son frère ruminait les mêmes réflexions désenchantées que lui-même. Afin de réagir contre le découragement qui le submergeait, il s'efforça d'envisager leur situation sous un angle plus favorable.

Après tout, la planète s'était considérablement rétrécie depuis le temps de Crusoé. Avec les moyens de communication modernes, ils n'auraient pas à attendre des mois et des années avant d'être repérés par un navire ou par un avion ! Et puis... qui sait ? Peut-être le radio-télégraphiste, à bord de leur Boeing, avait-il eu le temps de lancer un S.O.S. et de signaler les coordonnées du sinistre ? Dans ce cas, à partir du Japon, de l'Australie ou des Philippines, on ne manquerait pas d'envoyer des avions à leur recherche. A vrai dire, Jérôme n'y croyait pas beaucoup. L'accident avait été trop brutal. Et les recherches, entreprises à l'aveuglette lorsque la disparition de leur avion serait constatée, évoqueraient la quête d'une aiguille dans une charrette de foin. Plus il y réfléchissait et plus Jérôme se promettait de ne souffler mot de cette éventualité à son frère, afin de ne pas lui donner de faux espoirs...

Non, le pauvre télégraphiste avait été trop surpris par l'événement pour donner l'alerte. Qu'était-il devenu? Qu'étaient devenus l'équipage et les autres passagers? Alors qu'aidé par Gilles il s'affairait autour de la jeune femme tombée à la mer, Jérôme avait cru apercevoir le Commandant et son second qui s'apprêtaient à plonger. Mais les bons pilotes d'avion étaient-ils nécessairement d'excellents nageurs?

— Je crains, mon vieux, que nous ne retrouvions pas de survivants.

— Tu ne peux pas l'affirmer, répondit Gilles. Ils ont pu contourner la baie. Il y a peut-être une autre plage au-delà du promontoire...

Il y avait là une possibilité à ne pas exclure. Jérôme s'en voulait de n'y avoir pas pensé lui-même et il était un peu agacé par l'optimisme raisonnable de son frère. En fait, en longeant la plage, ils s'étaient approchés du promontoire ouest de la baie, monticule haut d'une dizaine de mètres, amas de rochers se prolongeant par l'escarpement recouvert de ronces et d'arbustes inextricablement mêlés.

Des sentiers recouverts de sable en permettaient l'escalade.

— Tu crois pouvoir y monter ? demanda Jérôme en regardant la blessure de son frère.

— Ma jambe me fait un peu souffrir, mais ce n'est pas grave.

S'appuyant sur le bras de Jérôme, Gilles monta sur un rocher, puis commença à grimper la côte escarpée, non sans parfois grimacer de douleur. Jérôme lui emboîta le pas. S'accrochant aux racines qui poussaient dans les crevasses rocheuses, Gilles eut tôt fait d'atteindre le sommet du monticule.

— Jérôme ! cria-t-il. Viens vite ! C'est incroyable !

C'était vraiment incroyable. Lorsque Jérôme eut rejoint son frère et qu'il put contempler, à son tour, la vaste baie que le promontoire avait cachée jusqu'alors à leur vue, il demeura pendant un long moment muet de stupéfaction. Eclairée par les dernières lueurs du couchant, la plage, à leurs pieds, était jonchée d'engins indéfinissables et à moitié ensablés. L'un d'eux, cependant, dont l'avant pointait vers le ciel, semblait doté de chenilles. Jérôme eut comme une illumination.

— Des chars de combat ! Des half-tracks ! s'exclama-t-il. Il y a eu ici un débarquement

pendant la dernière guerre ! Les Américains...
ou peut-être les Japonais...

Les deux garçons éprouvaient une indéfinissable mélancolie. Leur vitalité et leur jeunesse les avaient empêchés jusqu'alors de prendre une nette conscience du danger de mort auquel ils avaient réchappé et aussi d'imaginer clairement la mort de leurs compagnons. Et voici que ces engins rouillés évoquaient, à leurs yeux, une ancienne bataille, avec les cris des blessés et les râles des agonisants, avec la hideuse nécessité de tuer pour ne pas être tué et la haine implacable qui sert de conscience et d'alibi... En comparaison, lutter avec la mer, être tué par la mer, leur paraissait soudain un sort moins cruel.

Sans se parler, Jérôme et Gilles contemplaient les vestiges décevants et inattendus de la présence humaine que, peu de temps auparavant, ils avaient souhaitée de tout cœur. Plus de vingt ans avaient englouti les bruits de la bataille. Au moins pouvaient-ils espérer que la terre pour laquelle des hommes s'étaient battus et étaient morts en valait la peine. Peut-être contenait-elle des richesses, une certaine forme de civilisation ? Dans ce cas, elle ne pouvait pas être absolument déserte... Sinon, le massacre eût été absurde...

Le bruit insolite d'un sifflet à roulette les

29

fit sursauter. Ils n'eurent pas le temps de s'interroger sur sa provenance.

— Haut les mains ! cria une voix rauque, en anglais, derrière leur dos.

Les deux garçons s'exécutèrent.

— Retournez-vous !

Ayant obéi une fois de plus, les deux garçons se trouvèrent en face d'une silhouette qui pointait sur eux le canon d'une mitraillette. La lumière était devenue incertaine. Vers le couchant, il n'y avait plus que quelques nuages roses qui traînaient au-dessus de l'horizon. L'homme qui les tenait sous la menace de son arme, leur parut des plus étranges. Ils ne pouvaient détailler ses traits, cependant il se découpait avec assez de netteté sur le ciel, pour qu'ils pussent distinguer sa maigreur, le fait qu'il était vêtu seulement d'un short, qu'il marchait nu-pieds, portait la barbe et que ses longs cheveux lui tombaient sur les épaules.

— Suivez-moi ! ordonna l'homme dans son anglais rauque.

C'était une façon de parler. En fait, il s'arrangea pour que ses prisonniers le précédassent, de manière à pouvoir les surveiller étroitement. Comme l'étrange maquisard avait indiqué la direction de la plage parsemée d'engins de guerre, Jérôme fit appel à son courage et à ses connaissances scolaires de l'anglais pour demander :

— Où nous conduisez-vous ?

— Au camp ! fut la réponse laconique.

Jérôme n'insista pas. Malgré la rudesse de l'accueil, la tournure que prenaient les événements lui convenait tout à fait. L'existence d'un camp où des hommes parlaient l'anglais augurait bien de leur rapatriement rapide. S'il y avait malentendu, il serait dissipé facilement. L'important était qu'ils pussent entrer en contact, aussi rapidement que possible, avec le consulat français le plus proche.

Les soldats oubliés

Les deux garçons et eur garde avaient traversé de biais la plage de l'ancien débarquement. Dans le ciel, les étoiles, grosses comme le poing, brillaient d'un éclat tel, qu'on eût pu lire à leur seule lumière... Cependant, ils durent bientôt s'engager sur une piste qui les conduisait au cœur de la jungle.

Jérôme et Gilles, toujours suivis de l'étrange maquisard, furent happés par l'obscurité. La piste se tortillait parmi des troncs d'arbres immenses, des fougères géantes, des eucalyptus, des lianes inextricablement emmêlées. L'air était d'une moiteur suffocante et imprégné d'une odeur fétide. A chaque pas, les deux garçons glissaient sur le sol gluant ou butaient contre des racines. A chaque pas, l'eau suintait sous leurs pieds nus et Jérôme dut se débarrasser d'une sangsue qui s'était collée à sa cheville. Le terrain devenait de plus en plus mou et humide. Soudain, au détour de la piste, la jungle s'effaça devant un vaste espace marécageux, au-delà duquel on devinait une rivière, élargie en delta par la double embouchure. En l'observant attentivement, Jérôme découvrit que le terrain était quadrillé par de petits canaux d'irrigation. Une herbe drue y poussait d'une façon si régulière, que les marécages ressemblaient à des champs. « Des rizières... se dit Jérôme. Ce sont des rizières... » Non loin de là, entre la forêt et les marécages, un amas de huttes faisait penser à un village d'indigènes. La piste semblait les y conduire. Avant d'en avoir approché les abords, un sifflet à roulette, pareil à celui que les deux frères avaient déjà entendu, déchira le silence de la nuit.

Ils avancèrent encore d'une centaine de mètres, en pataugeant dans l'eau bourbeuse. Ils durent traverser un véritable nuage de moustiques, qui en profitèrent pour les piquer cruellement. Gilles maugréa entre les dents et pressa le pas. Il faillit s'étaler dans le bourbier.

— Halte-là ! cria une voix dans l'obscurité. C'est toi, Willie ?

— C'est moi ! J'amène les prisonniers.

— Très bien ! grogna la voix. Le Commandant veut les voir tout de suite.

Un homme sortit de l'ombre ; il était long et voûté et tout aussi hirsute et dépenaillé

34

que le nommé Willie. Il tenait un colt à la main, mais, après avoir examiné pendant un instant les « prisonniers », il replaça le pistolet dans la ceinture de son short et leur fit signe de le suivre. Les deux garçons, ainsi escortés, pénétrèrent dans le village. Des ombres se profilaient, ici et là, au seuil des cases, mais on n'entendait aucune parole, aucun bruit. Le village tout entier était plongé dans l'obscurité et le silence.

Après avoir cheminé un certain temps, les deux gardes s'arrêtèrent devant une hutte un peu plus grande que les autres. Autant que Jérôme pût s'en rendre compte, elle était bâtie avec des troncs de bambou recouverts de feuilles de palmier. Une moustiquaire pendait à l'entrée, laissant filtrer une vague lueur.

— Mission accomplie, mon Commandant ! grogna l'homme au colt, en écartant légèrement la moustiquaire.

— Ils sont là ? fit une voix caverneuse à l'intérieur de la hutte.

— Oui ! mon Commandant !

— Faites-les entrer !

L'homme au colt souleva la moustiquaire et s'effaça pour laisser passer les deux frères. Jérôme et Gilles pénétrèrent dans la hutte,

35

qui leur parut plus spacieuse qu'elle n'en avait l'air, vue de dehors.

Un homme était assis derrière une table de bois brut. Comme ses compagnons, il était torse nu. Sa barbe et ses cheveux grisonnaient. Une toison poivre et sel recouvrait sa poitrine et ses épaules. A en juger par sa carrure, il avait dû être un bel athlète dans sa jeunesse. Même aujourd'hui, malgré sa maigreur, il donnait l'impression d'un être coriace. Cependant, il était si efflanqué qu'on eût pu compter ses côtes. Dans son visage hâve, les yeux profondément enfoncés dans les orbites, brillaient de fièvre.

Le maquisard qui avait fait prisonniers les deux garçons était resté devant la hutte; mais l'homme au colt les avait suivis à l'intérieur.

— Ça va, Johnny, tu peux te retirer ! grogna le Commandant.

L'homme au colt esquissa un vague salut militaire et quitta la hutte.

— Asseyez-vous ! fit le Commandant en montrant aux deux frères les escabeaux rangés contre le mur. Etes-vous Américains, Australiens, Anglais ?

Sa voix de basse était autoritaire. La voix d'un homme habitué à commander et à être obéi sans murmure.

— Nous sommes Français, Monsieur !
répondit Jérôme.

— Ah ! Ah ! s'exclama le Commandant
avec un large sourire, qui découvrit ses dents
noircies par les caries. Des Français ! répéta-
t-il inexplicablement réjoui. Des Français...
Mais vous parlez l'anglais, comme je vois...

— Pas très bien, mais suffisamment pour
nous faire comprendre, précisa Jérôme labo-
rieusement.

Le Commandant fut saisi d'un tremblement, qu'il s'efforça en vain de maîtriser.

— N'y faites pas attention ! Les fièvres !..
Les Japs ont raflé toute la quinine... Approchez
vos sièges ! dit-il en montrant de nouveau les
escabeaux.

Les deux garçons hésitèrent un instant,
puis approchèrent les escabeaux de la table
et s'y installèrent. Jérôme jeta un coup d'œil
circulaire. La hutte était éclairée par une veilleuse, posée sur un rayonnage où se trouvaient également trois ou quatre livres écornés.
Dans un coin, pendait un hamac. Dans un
autre, appuyés contre le mur, étaient rangés
plusieurs fusils, deux mitraillettes et des caisses
qui devaient contenir des munitions. Devant
le Commandant, sur la table, s'étalait une
carte d'état-major entoilée, usée jusqu'à la

37

corde, dont les extrémités pendaient, balayant le sol de terre battue.

Le tremblement dont le Commandant était secoué s'apaisait peu à peu. L'homme poussa un profond soupir.

— Vous êtes très jeunes... ! constata-t-il, avec une incompréhensible satisfaction. Vous devez être de sacrés nageurs !...

— Vous êtes au courant, Monsieur ? demanda Jérôme avec un certain soulagement.

— Mes hommes ont vu l'avion s'abattre à trois ou quatre milles de la côte. Un incendie à bord, je suppose...

— Oui, un incendie. Avez-vous...

— La mer a rejeté plusieurs cadavres. Sept en tout, je crois. Des hommes et aussi deux femmes... Tous noyés... Nous les avons enterrés sur la plage.

Les deux frères échangèrent un regard atterré. Ils étaient donc les seuls rescapés du terrible accident.

— Où sommes-nous, Monsieur ? demanda Gilles, en sortant pour la première fois de son silence renfrogné. Quelle est cette terre ?

Le Commandant fronça les sourcils.

— C'est à moi de vous interroger, mes gaillards ! fit-il d'une voix mauvaise. Et cela en vertu des pouvoirs discrétionnaires qui sont les miens sur cette île !...

38

Un silence pesant s'installa, pendant lequel le Commandant examina d'un air dégoûté la carte qu'il avait devant ses yeux.

— Quel est votre nom? demanda-t-il enfin.

— Jérôme Notton.

— Gilles Notton.

— Ainsi donc, reprit-il, vous êtes des Français! Et vous êtes frères... Des Français libres ou des émules de... Pétain? Dans le premier cas, vous êtes des compagnons d'armes ou, tout au moins, des... alliés. Dans le deuxième cas, je dois, à mon regret, vous traiter en alliés de Hitler et vous considérer comme mes prisonniers...

Français libres?... Pétain?.. Hitler?.. Jérôme et Gilles échangèrent un bref regard apeuré. Avaient-ils affaire à un fou? Jérôme serra les dents. Il devait faire très attention à chaque parole qu'il allait prononcer.

— D'où venez-vous? demanda de nouveau le Commandant.

— De... Paris, répondit Jérôme hésitant

— J'avais donc raison. On ne se méfie jamais assez... Vous avez l'air jeune et innocent, mais pour quitter Paris occupé...

— Paris occupé?

Jérôme écarquillait les yeux. Avait-il mal compris? De quoi parlait donc cet homme?

— Je vois qu'on utilise maintenant pour les

missions secrètes de tout jeunes gens... C'est habile, très habile, mais un vieux guerrier comme moi ne s'y laisse pas prendre...

— Mais Monsieur ! s'exclama Jérôme ahuri. Nous ne sommes pas des espions ! Nous sommes en vacances... et grâce à notre oncle Martin...

Le Commandant se mit à ricaner méchamment :

— Oh ! oh ! Votre oncle Martin... Votre supérieur, dans l'Abwehr, s'appelle donc Martin ?... Il n'est pas très adroit de votre part, mon garçon, de laisser échapper des noms qui...

— Mais voyons, Monsieur ! l'interrompit Jérôme exaspéré. Notre oncle Martin est vraiment notre oncle... C'est un industriel... Il... il est fabricant de matière plastique...

— C'est quoi, ça? Des matières explosives?

— Non, non, de la matière plastique... Il... il est très aisé, il n'a pas d'enfants et... et il nous a payé le voyage pour que nous puissions rejoindre notre père, qui est ingénieur à Mururoa, en Polynésie... Vous savez, les installations atomiques... Alors, à Orly nous avons pris l'avion pour Papeete et...

Jérôme parlait d'une façon précipitée, comme pour balayer les malentendus et bousculer la

40

méfiance incompréhensible du personnage qui le dévisageait.

— Je ne comprends pas un mot de ce que vous dites, grogna le Commandant de mauvaise humeur.

Pendant ce temps, Gilles avait observé avec une attention extrême l'homme hirsute qui, sous prétexte d'interrogatoire, les avait, lui et son frère, tout bonnement accusés d'être des espions.

— Tu sais, Jérôme, dit-il de sa voix posée et sans qu'un muscle frémisse dans son beau visage — il me semble que le Commandant pense que la guerre n'est pas encore finie...

Un silence pesant, fait de stupéfaction et de malaise, s'installa dans la hutte. Soudain, se renversant sur le dossier de la chaise mal taillée sur laquelle il était assis, le Commandant partit d'un grand éclat de rire, caverneux et contraint.

— Vous voudriez prétendre le contraire? Que la guerre, c'est-à-dire, serait finie?... Ha, ha! C'est tout ce que vous avez trouvé pour votre défense?... Ha! ha! Vous y allez fort, mes garçons!... Foi de Jenkins, vous y allez fort!...

« Ainsi, se dit Jérôme, il s'appelle Jenkins. » Grâce à la perspicacité de Gilles, il avait compris d'emblée l'énormité de la situation.

Oui, Gilles avait touché juste. Pour des raisons qu'il leur faudrait élucider, le Commandant croyait que la IIe Guerre mondiale n'était pas encore terminée. Et cette idée un peu folle, Jérôme le sentait d'instinct, était lourde de menaces... Le nommé Jenkins était passé d'ailleurs, sans transition, de sa gaieté bruyante à une morosité qui ne promettait rien de bon.

— Écoutez, mes gars, grogna-t-il, n'essayez pas de me faire prendre des vessies pour des lanternes... Une guerre mondiale comme la nôtre ne finit pas en quelques années... Vous êtes malins et vous l'avez compris : nous sommes ici une poignée de combattants oubliés de Dieu et de... nos chefs ! Nous sommes coupés de tout, depuis des années et des années, et nous ne savons pas très bien où en sont les choses... Mais j'ai de bonnes raisons de croire que cette sacrée guerre, nous allons la gagner... Mes hommes et moi-même nous avons fait notre devoir : nous avons nettoyé cette île des Japs... Pas un seul qui en ait réchappé... Lorsque le Quartier Général se souviendra de nous et nous rappellera pour de nouvelles tâches, le Commando J. H. 306 n'aura pas à rougir de ses faits d'armes. En attendant, nous continuerons à nous conduire en soldats... Je ne crois pas à vos bobards ! Il m'est pénible d'avoir à vous le dire, mais — jusqu'à plus ample informé, et je me demande d'où cette information pourrait venir — je suis tenu de vous traiter en suspects...

Jérôme n'aurait su dire pourquoi, mais la petite tirade du Commandant sonnait à ses oreilles subtilement, imperceptiblement faux. Un verre de cristal fêlé... Mais l'homme était malade, miné par la fièvre... Aussi vifs qu'ils fussent, ses réflexes de militaire avaient dû s'émousser après tant d'années d'isolement. Il en remettait un peu, par acquit de conscience, mais il ne demandait qu'à se laisser fléchir, à s'incliner devant l'évidence et le bon sens...

— Nous vous donnons notre parole d'honneur, Monsieur — dit Jérôme avec force — que la guerre mondiale est finie depuis plus de vingt ans. Qu'elle était déjà finie quand nous sommes nés...

Le Commandant se tortilla sur sa chaise. Un sourire mauvais fit trembler les commissures de ses lèvres.

— Si vous êtes des agents de l'ennemi, bougonna-t-il, quelle valeur peut avoir votre parole? Elle ne me suffit pas... Il me faudrait des preuves...

Jérôme s'était trompé. L'homme repoussait l'évidence. Il était si enferré dans son idée fixe, qu'il préférait traiter deux adolescents naufragés en espions, plutôt que de se fier à leur parole d'honneur. Il y avait dans cet officier quelque chose de durci, d'impitoyable et qui inspirait la crainte. Jérôme en fut saisi.

— Et si on vous apportait ces preuves, Monsieur? dit-il d'une voix peu assurée.

Le Commandant Jenkins examina un instant Jérôme, puis son regard enfiévré se tourna vers Gilles. La constatation que les deux garçons étaient revêtus seulement d'un slip, qu'ils étaient donc nus et sans bagages, parut l'apaiser.

— Des preuves? dit-il en traînant sur les mots. Eh bien! dans ce cas nous verrons.

De nouveau, l'homme fut secoué par un accès de fièvre. Ses dents claquaient. Il devait être doué d'une grande volonté, car, cette fois, il réussit à maîtriser très vite son malaise. L'effort sur lui-même le laissa cependant épuisé. A tâtons, il chercha un cigare dans la boîte posée sur le rayonnage et l'alluma à la flammèche de la veilleuse. Il en aspira quelques bouffées et sa tête s'affaissa sur sa poitrine. La sueur brillait à ses tempes et le cigare rudimentaire, confectionné avec des feuilles de tabac du cru, grésillait doucement entre ses doigts décharnés. Mais le tabac devait agir comme une drogue. Jenkins releva lentement la tête.

— Je vois que vous êtes blessé, mon garçon, articula-t-il péniblement, en fixant la cuisse entaillée de Gilles. Nous appliquons ici les conventions de Genève... Nous traitons bien les prisonniers... Willie !

Le maquisard, qui était resté en faction devant l'entrée de la hutte, écarta un pan de la moustiquaire et se planta devant son Commandant en un semblant de garde-à-vous.

— Willie ! fit Jenkins. Vous ferez coucher ces messieurs dans la case jaune. Vous appliquerez sur la blessure du jeune homme cet onguent indigène... comment ça s'appelle déjà.. bref, la préparation de l'oncle Too. Ça va le guérir en moins de deux... Je veux que ces messieurs soient bien traités, mais qu'on les surveille... Jusqu'à ce que j'en décide autrement, ces jeunes Français sont nos prisonniers...

Willie claqua de ses talons nus et les deux frères se levèrent. Le soi-disant « interrogatoire » était terminé. Tout au moins pour l'instant. Car, en les congédiant d'un geste de la main, Jenkins ajouta :

— Bonne nuit, Messieurs ! Nous nous reverrons demain. Que vous soyez ou non à la solde de l'ennemi, croyez-moi : nous gagnerons cette guerre !...

La radio est en panne

Les deux garçons se réveillèrent en même temps. Après les émotions et les fatigues de la veille, ils avaient dormi profondément, malgré l'inconfort de leurs hamacs et les piqûres d'insectes. Le jour filtrait à travers la moustiquaire et éclairait la poussière en suspension d'un halo mystérieux. Gilles examina sa plaie et constata que l'onguent qu'on lui avait appliqué était d'un excellent effet. Le début de suppuration s'était résorbé et la blessure était déjà en bonne voie de guérison.

Quelqu'un avait posé sur les escabeaux (qui, avec les hamacs et la cruche remplie d'eau, constituaient le seul mobilier de leur hutte), deux shorts rapiécés, mais propres. Les hommes du Commando marchaient pieds nus. Jérôme et Gilles en conclurent qu'eux-mêmes devaient renoncer à toute espèce de chaussures. Ayant enfilé leur short, ils procédèrent à de sommaires ablutions en se servant de l'eau de la cruche. Ils soulevèrent la

47

moustiquaire et constatèrent qu'aucune sentinelle n'était postée devant l'entrée. Plus ou
moins sûrs d'être à l'abri des oreilles indis-
crètes, ils examinèrent ensemble certains aspects
de leur insolite aventure.

— Ce que je ne comprends pas, observa
Gilles, c'est que Jenkins et ses hommes aient
pu rester durant vingt ans aussi complètement
isolés du reste du monde.

— C'est bizarre, en effet, admit Jérôme.
Mais, tout bien considéré, ce n'est pas une
chose totalement impossible.

— Mais un Commando a des postes de
radio récepteurs-émetteurs...

— Ils ont pu être détruits durant les combats.
Ça a dû chauffer dur par ici.

— *Tous* les postes ?

— Mon vieux, le hasard est le hasard !...
Il est peu probable que tu reçoives une tuile
sur la tête. Mais pour celui qui la reçoit vraiment, la probabilité n'a plus de sens. Pour
lui, le hasard, aussi invraisemblable qu'il
soit, c'est l'absolu. C'est-à-dire la mort.

— Alors tu crois vraiment...

— En tout cas, cela expliquerait mieux
pourquoi ces « marines » ont été oubliés en
haut lieu. Comme ils n'ont plus donné signe
de vie, le Quartier Général de leur division

48

a dû les croire exterminés par les Japonais jusqu'au dernier.

— Mais, après la fin de la guerre... Ces hommes avaient peut-être des familles... N'a-t-on pas essayé de faire des recherches? De savoir ce qu'ils étaient devenus?

— Oh, tu sais... Il faut compter avec la pagaille des états-majors. Je me souviens avoir lu récemment... Oui, c'était dans une *Histoire de la Résistance grecque*... Des agents secrets britanniques avaient été parachutés dans le maquis grec dans des conditions très périlleuses... Quelques mois plus tard, comme ils réclamaient des armes et des instructions, l'état-major du Caire leur répond : « Qui est Tom? Qui est Jim? Qui est Denys? » On les avait tout simplement oubliés.

— Mais eux, ils avaient des liaisons radio...

— Justement. Alors que nos gaillards ici n'ont probablement aucun moyen d'entrer en contact avec le reste du monde...

Gilles réfléchissait. On entendit au loin le couinement d'un cochon. Dans la hutte, les mouches bourdonnaient.

— Quand même, Jérôme, depuis vingt ans... N'ont-ils pas essayé de signaler leur présence sur cette île? Ils auraient pu baliser la plage... allumer des feux... que sais-je... Construire une embarcation pour aborder sur une autre île... envoyer des bouteilles à la mer...

— N'oublie pas qu'ils se croient toujours en guerre... Et qu'ils ne tiennent pas à être repérés par l'ennemi... Ils se considèrent comme étant en service commandé et responsables de l'occupation de cette île.

— Admettons. Mais encore... Depuis vingt ans, Jérôme, aucun navire, grand ou petit, n'aurait jeté l'ancre devant cette île? Depuis vingt ans, personne n'aurait débarqué ici pour dire à ces gens que la guerre est finie depuis longtemps?

Ce fut le tour de Jérôme de réfléchir longuement.

— Oui, Gilles, dit-il enfin. C'est là que le bât me blesse aussi. Mais tout dépend du lieu où nous nous trouvons. Même si les Américains et les Japonais se sont battus sur cette île, il se peut qu'elle soit si éloignée de toute civilisation, si écartée de toute route maritime... Rappelle-toi que notre avion...

— Oui, je sais, l'interrompit Gilles. Le détour, à cause du cyclone... Dis donc ces « preuves » dont tu parlais devant Jenkins... Tu as bluffé, n'est-ce pas?

— A peine, répondit Jérôme. T'as vu de quoi il a l'air, ce pauvre Jenkins? Il ne peut quand même pas nous empêcher de lui démontrer que son calvaire est terminé... J'ai pensé pue...

Soudain, la hutte fut plongée dans l'obscurité. On eût dit une éclipse de soleil. Un corps plié en deux venait de boucher l'entrée. Saisis, les deux garçons eurent un instinctif mouvement de recul. En effet, lorsque leur visiteur inopiné se redressa de toute sa taille, il touchait le plafond de la tête. De leur vie Jérôme et Gilles n'avaient vu un homme d'une pareille stature. Vêtu d'un pagne, à la peau plus cuivrée que noire, le colosse — qui mesurait sensiblement plus de deux mètres — avait des cheveux crépus et un nez épaté. Son expression était amène : il ouvrait de grands yeux noirs, chauds et intelligents et il montrait ses dents blanches en un sourire qui lui fendait la bouche d'une oreille à l'autre.

— Moi, oncle Too... dit l'indigène. Moi donné médecine graisse de tortue...

Gilles se trouvait donc devant le généreux donateur de l'onguent qui avait si bien réussi à sa blessure. Plus intimidé que jamais devant cette montagne vivante, il se confondit en remerciements.

Oncle Too semblait très content de voir son geste si bien accueilli. Il ne cessait d'interrompre Gilles par des hi ! hi ! de joie naïve. Mais son état d'âme changea aussitôt. Hochant la tête d'un air chagrin, il se pencha vers les deux frères :

— Jenkins pas bon ! dit-il sur un ton confidentiel.

— Ah ! fit Gilles.

— Willie pas bon ! Johnny pas bon ! Mike pas bon ! Boudy pas bon !

Il aurait continué ces jugements péremptoires comme une litanie, si Jérôme ne l'avait interrompu.

— Et pourquoi ne sont-ils pas bons ?

— Eux méchants avec Djin-Djin. Eux pas laisser oncle Too construire pirogue.

Les deux frères échangèrent un regard d'incompréhension.

— N'y-a-t-il personne de « bon » dans l'île ? demanda Gilles.

Oncle Too hésita un instant.

— Frankie bon, dit-il. Freddy bon... Eux pas rire avec oncle Too... Eux pas frapper pauvres Djin-Djin...

Gilles eût voulu savoir qui étaient les Djin-Djin et aussi pourquoi Jenkins et ses compagnons ne laissaient pas l'oncle Too construire une pirogue, mais « l'homme au colt », le long escogriffe voûté qui les avait escortés la nuit précédente, se présenta brusquement à l'entrée de la hutte :

— Que fais-tu ici, sale nègre ? hurla-t-il.

Tu sais bien qu'il n'est pas permis de parler aux prisonniers !

— Moi, pas savoir ! s'excusa oncle Too humblement.

Cassé en deux et ramassant son arrière-train tel un chien qui s'attend à recevoir des coups, l'indigène quitta la hutte en si grande hâte qu'il oublia même de jeter un coup d'œil aux deux garçons.

Outré par cette scène, Gilles était sur le point de demander à « l'homme au colt », dont il se rappelait que Jenkins l'avait appelé Johnny, pourquoi il traitait l'oncle Too de « sale nègre ». Cela lui paraissait d'autant plus absurde que le brave colosse semblait appartenir à une race qui ne ressemblait à aucune autre. Mais un regard de son frère aîné arrêta Gilles à temps. Jérôme avait raison. Ce n'était probablement pas le moment de discuter avec « l'homme au colt » de ses préjugés raciaux.

— Vous deux ! fit Johnny. Suivez-moi. Le Commandant désire vous parler.

Un nouvel interrogatoire? Jérôme et Gilles n'en attendaient rien de plaisant. Ils suivirent cependant leur garde. Éblouis par le soleil tropical, ils s'arrêtèrent un instant, au seuil de leur hutte, comme des hiboux surpris par le jour. Ils reconnurent enfin le chemin

53

— couvert d'une épaisse couche de poussière —
qu'ils avaient parcouru la veille. Mais, cette
fois, au seuil des cases en bambou qui le bordaient, des indigènes, vêtus aussi sommaire-
ment que l'oncle Too, et presque aussi grands
que lui, caquetaient et les montraient du doigt.
« Ils sont superbes ! pensa Gilles. On dirait
des géants sortis d'un conte de fées ! » Ce
n'était pas l'avis de la triste sauterelle qui les
escortait. Avec sa maigreur, son visage en
papier mâché et son long nez pointu, Johnny
aurait dû se sentir physiquement écrasé par
la prestance de ces hommes et de ces femmes
à la peau cuivrée, qui tous le dépassaient d'une
bonne tête. Au lieu de quoi, le bonhomme
les toisait en avançant une lippe dédaigneuse,
et ponctuait son mépris avec des jets de salive
envoyés, avec précision, à travers la brèche
que faisait dans sa denture l'absence d'une
incisive.

— Sale vermine, grogna-t-il pour lui-même.
Il faut les avoir à l'œil. Ils sont capables de
vendre leurs père et mère...

Gilles, qui éprouvait une sympathie spon-
tanée pour ces géants débonnaires, n'arrivait
pas à les imaginer sous cet angle « commer-
çant ». Il ne fit cependant aucun commentaire.
Il était d'ailleurs distrait par le grouillement
du village et les odeurs qu'il percevait :

friture à l'huile de coprah, fumée des braises, enfants, pleurs, poussière, poules, feuillage mouillé... Gilles eut l'impression de saisir, en raccourci, la vie immémoriale de l'Océanie. « L'homme au colt » se dirigeait pendant ce temps, à grandes enjambées, vers la « place » du village, où déjà se profilait la hutte spacieuse du commandant.

Devant la hutte, un homme — que les deux garçons n'avaient pas encore rencontré — était posté en sentinelle. Torse et pieds nus, tout comme ses camarades, il avait un beau visage, long et ascétique. Sa barbe clairsemée, un casque de cheveux grisonnants et lisses, posé sur son grand front telle une perruque, lui conféraient un vague air monacal.

— Salut, Frankie ! fit l'homme au colt.

— Salut, Johnny ! répondit la sentinelle.

— Le Commandant veut les voir tout de suite ?

— Oui, tout de suite.

Frankie observa attentivement les adolescents. Ses traits exprimaient une sévère tristesse. Gilles se souvint que — tout au moins aux yeux de l'oncle Too — Frankie faisait exception parmi ses « méchants » camarades.

Les deux garçons furent introduits dans la hutte et durent cette fois s'habituer à la pénombre. Jenkins était toujours installé devant sa carte d'état-major, qui semblait constituer un attribut de sa dignité de commandant plutôt qu'un instrument de travail.

— Asseyez-vous, leur dit-il.

Les deux garçons ayant pris place sur les escabeaux, il enchaîna :

— J'ai réfléchi aux bobards que vous m'avez racontés hier soir. Je n'en crois pas un mot, bien entendu, mais... Oui, tout bien considéré, vous me semblez être trop jeunes pour le métier d'espion... Vous êtes les fils d'un ingénieur, m'avez-vous dit? Ça doit être « une grosse légume »... un collaborateur des autorités d'occupation; ce qui expliquerait assez bien que vous puissiez quitter Paris et voyager en Extrême-Orient... Cela dit, vous m'aviez parlé de preuves... de preuves de votre innocence... En avez-vous vraiment? J'aimerais bien savoir...

Le regard fiévreux du Commandant vacillait. Gilles eut soudain l'impression de se trouver devant un homme traqué. Prisonnier de sa folie, Jenkins fuyait la vérité. Il voulait savoir de quelles preuves Gilles et Jérôme disposaient, mais il préférait leur tendre la perche de manière à ce qu'ils n'eussent pas besoin de s'en servir.

— Je vous répète, Monsieur, la guerre est finie depuis plus de vingt ans...

— C'est vous qui l'affirmez.

— Pour vous en assurer, il suffirait que vous preniez contact avec le monde extérieur.

— Admettons. De quelle façon faut-il s'y prendre? Signaler notre présence aux avions ou aux navires ennemis? Merci !... Je ne veux pas que notre île soit bombardée ni que les Japs nous envoient l'un de leurs commandos... De toute façon, les avions et les navires ne passent pour ainsi dire jamais dans ces parages..

— Je suppose que vous n'avez plus d'appareils émetteurs-récepteurs ?...

— Votre supposition est juste. Sinon, vous pensez bien, il y a longtemps que nous aurions alerté le Quartier Général de notre division.

— Ont-ils été détruits ou sont-ils simplement en panne?

— Ils ont été détruits, sauf... un.

— Qui est en panne?

Le Commandant se mordait les lèvres. Il avait l'air d'un homme qui avait parlé trop vite et qui le regrettait.

— Qui est en panne, oui... Puis-je savoir pourquoi cette question?

Gilles croisa avec son frère un regard d'intelligence.

— Je viens de passer mon baccalauréat, Monsieur et je compte étudier les sciences naturelles... Mais mon frère Jérôme est élève d'une Grande École et il est très fort en électronique... Peut-être pourra-t-il réparer l'appareil...

— Réparer l'appareil ?

Cette perspective ne semblait faire aucun plaisir à Jenkins. Les sourcils froncés, il réfléchissait, tout en jouant machinalement avec le médaillon qui pendait sur sa poitrine velue.

— Hum ! grogna-t-il. L'île est démunie de tout... Je doute que vous puissiez réparer l'appareil... Mais je suis d'accord ! Je vous le confierai !... A une seule condition : vous n'en soufflerez mot à mes hommes... Vous comprenez, n'est-ce pas, dans notre situation, tout faux espoir de rapatriement rapide pourrait relâcher la discipline...

Il se tourna vers Jérôme :

— Je vous installerai, Monsieur, dans une cabane isolée dans la forêt avec l'appareil et tous les outils et matériaux dont nous puissions disposer... Je compte sur vous pour que votre tentative demeure ignorée de tous. Ainsi, dans le cas d'un échec...

— Vous pouvez compter sur moi, dit Jérôme.

— Bon... reprit Jenkins. En attendant, la surveillance à laquelle vous êtes soumis sera relâchée... Je vous demande simplement de ne pas quitter le camp sans ma permission...

Par ailleurs, je vous considère, au même titre que certains Djin-Djin, comme faisant partie de mes troupes auxiliaires... Savez-vous manier les armes ?

— Non, Monsieur !

— Eh bien, vous l'apprendrez !... Demain matin, vous participerez à nos exercices militaires. Dès ce soir, vous mangerez avec mes hommes à la popote. Je vous préviens que nos vivres sont rationnés. Nous ne faisons qu'un seul repas par jour... A ce propos, je vais vous donner un mot pour le chef cantinier. Sinon, vous risquez de rester à jeun jusqu'à demain soir...

Gilles fit la grimace. Depuis 24 heures, très exactement depuis le matin de leur accident, ils n'avaient rien mangé. Leur estomac criait famine. Attendre le repas du soir était déjà un supplice. Mais la perspective d'avoir à sauter le seul repas qu'on leur promettait était proprement angoissante.

Pendant ce temps, Jenkins avait trempé une plume d'oie dans un encrier et griffonnait quelques mots sur un bout de papier, lequel — les deux garçons s'en aperçurent plus tard — avait été arraché à un vieux manuel destiné aux unités blindées.

— Voilà, fit Jenkins en leur tendant le papier. Allez de ce pas à la cantine. Elle se

trouve à l'autre bout du village... Johnny !
cria ensuite le Commandant.

L'homme au colt se présenta dans l'encoi-
gnure de l'entrée.

— Ces jeunes gens peuvent circuler à leur
guise dans les limites du camp ! dit Jenkins.
Faites passer ce mot à vos camarades !...

Le dit Johnny salua militairement et s'effaça.
Ainsi, Jérôme et Gilles étaient désormais
libres. Avant de franchir le seuil à leur tour,
Gilles se retourna une dernière fois :

— Puis-je vous demander, Monsieur, le
nom de cette île ?

Jenkins jeta à Gilles un regard pénétrant.

— Je n'y vois aucun inconvénient, dit-il
lentement. Elle s'appelle Puy Nô. Elle a été
mal explorée avant la guerre. Les derniers
Blancs qui l'ont sillonnée avant nous étaient
des fidèles sujets de sa Majesté britannique.
Autant dire qu'ils étaient d'excellents com-
merçants, mais de piètres cartographes. Cela
se passait au début du siècle dernier... Etes-
vous content de ces renseignements ?

Gilles hésita, fut sur le point de reprendre
la parole, puis y renonça.

— Rompez, mes gars ! fit Jenkins de sa voix
caverneuse.

— A ce soir, Monsieur ! répondirent les

60

deux frères peu militairement et en même temps.

Devant la hutte, Frankie était toujours de garde. Sans doute avait-il déjà été mis au courant des nouveaux ordres du Commandant, car il laissa les garçons s'éloigner, les suivant seulement d'un long regard sombre et mélancolique.

Lorsqu'il fut certain qu'on ne les entendait plus, Jérôme se laissa aller à sa mauvaise humeur.

— On va crever de faim, sur cette maudite île ! bougonna-t-il. L'île... comment déjà ? Puy Nô ! Il se moque de nous, le Commandant ! Il nous faudrait bien d'autres précisions pour pouvoir l'identifier sur la carte.

— Il nous faudrait d'abord une carte, Jérôme, observa Gilles. Ça sera même l'une de nos premières tâches que de nous en procurer une...

— Je doute que cela nous serve à grand-chose ! Puy Nô !... As-tu jamais entendu parler d'une île de ce nom ? Ça doit être encore une bizarrerie du Commandant !... Et ce n'est pas la seule !... Dis-moi un peu, quel jour sommes-nous ?

Intrigué, Gilles réfléchit un instant :

— Nous devons être le 6 juillet 1966.

— Très bien. Et maintenant regarde un peu le papier que Jenkins nous a donné à l'intention du cantinier : quelle date vois-tu, sous sa signature?

Gilles poussa un petit grognement de surprise. Jenkins avait daté son ordre du 3 mai 1962...

Un calendrier bizarre

Lorsque, le même soir, Jérôme et Gilles se retrouvèrent devant leurs assiettées de riz, rien d'autre n'exista pour eux pendant un bon moment. Le riz était bien préparé. Les épices lui donnaient du goût. Ils pouvaient y pêcher aussi quelques petits morceaux de poulet.

Ils étaient assis à une longue table en bois taillée à coups de serpe qu'un auvent protégeait du soleil et, le cas échéant, de la pluie. L'auvent se prolongeait par une hutte longue et basse, à la fois cuisine et magasin à provisions. Sept autres hommes étaient attablés sous l'auvent. Parmi eux, un manchot. Jenkins était absent. Terrassé par son accès de malaria, il gardait le lit, ou plutôt le hamac. Seul Bill, le cantinier-cuistot restait debout, derrière son chaudron, à surveiller les deux jeunes femmes Djin-Djin préposées au service. Celles-ci, drapées de pagnes en tissus colorés, faisaient la navette entre le « mess » et la cuisine.

L'île aux fossiles vivants.   3

— Faut les avoir drôlement à l'œil ! grogna Johnny, l'homme au colt. Voleuses comme des pies !

— Ha ! ha ! Des pies ! s'esclaffa un homme que ses camarades appelaient Boudy et dont les yeux, rongés par la conjonctivite, étaient constamment baignés de larmes. Des pies ! répéta-t-il. As-tu déjà vu une pie dans cette maudite île ?

Une voix étrangement enrouée se fit soudain entendre :

— Gare au malotru ! Gare au malotru !

Intrigués, les frères Notton levèrent les yeux vers le palmier qui protégeait de son épais feuillage la hutte servant de cuisine. Ils ne se trompaient pas : la voix venait de là-haut...

— Qu'est-ce que je vous disais ? répéta Boudy, dans un accès de gaieté forcé, excessif. Il n'y a pas de pies dans cette maudite île. Il n'y a que des perroquets. Et de tous ces maudits volatiles, la pourriture de perroquet de Frankie est la plus grande saloperie que j'aie jamais rencontrée de ma vie ! Je me demande ce que nous attendons pour le descendre...

— Gare au malotru ! Gare au malotru ! railla de nouveau le perroquet perché sur le palmier.

— C'est qu'elle a de l'à-propos, cette sale bête, fit Willie l'un des trois hommes, à part le Commandant, que les frères Notton avaient déjà rencontrés. On dirait qu'elle a compris ce que tu disais...

Boudy se renfrogna aussi brusquement qu'il s'était égayé tout à l'heure. Il semblait d'ailleurs que son humeur fût constamment tiraillée entre des extrêmes.

— Une sale bête, je vous dis... Un de ces quatre matins...

— N'empêche, Johnny a raison, l'interrompit sombrement un homme aux yeux perçants et dont le front était traversé d'une profonde balafre. Deux poulets ont encore disparu de notre basse-cour la semaine dernière...

— Bien parlé, Mike, renchérit Johnny. Et ce ne sont pas les perroquets qui les ont volés. Ce sont les Djin-Djin. On a beau les punir, ils font main basse sur tout...

A la droite de Jérôme, Frankie — l'homme à la coiffure et à la barbiche de moine — leva le nez de son assiette.

— Il vous faut toujours quelqu'un à qui vous en prendre, dit-il d'une voix calme. Il vous faut toujours un souffre-douleur... Tantôt c'est mon perroquet, tantôt les Djin-Djin... Je vous l'ai déjà dit cent fois, continuat-il sur un ton où perçait maintenant l'agacement, les Djin-Djin n'ont pas le sens de la propriété... De plus, ils nous considèrent comme des intrus...

— Des intrus ! Tu parles !... s'exclama Johnny. Faut être un cinglé comme toi pour prendre leur défense. En vérité, ils auraient préféré avoir les Japs comme maîtres... Les Jaunes et les Noirs s'entendent comme larrons en foire...

— Oh ! vous n'allez quand même pas recommencer ! Vous n'allez quand même pas vous donner en spectacle devant ces garçons !

L'homme qui était intervenu se trouvait au bout de la table. Seul parmi ses camarades, il portait une chemise rapiécée. Le fait même qu'il fût plus « habillé » que les autres lui conférait une sorte de dignité. Il avait l'air d'un hôte en habit parmi des convives en complet de ville. Il émanait d'ailleurs de son visage intelligent une sorte d'autorité tranquille. Il était aussi, sans doute, plus âgé que ses camarades. Soit qu'il fût glabre, soit qu'il fût le seul à se raser, il était aussi le seul à ne pas porter la barbe. Ses joues étaient grumeleuses et son menton était simplement piqué de quelques poils gris.

— Je m'appelle Freddy, le capitaine Freddy, fit-il en s'adressant aux deux frères. Nous avons appris que vous êtes des Français et que vous vous appelez...

— Jérôme et Gilles ! firent les deux frères en chœur.

Maintenant que la terrible faim qui les avait tenaillés était apaisée, ils n'étaient que trop contents d'entendre une parole amène.

— La France... Un bien beau pays, je pense ! continua Freddy, rêveur. Je n'y suis jamais allé, mais je me suis toujours dit que j'irai faire un tour en France, quand cette maudite guerre sera finie...

— Mais elle est finie, Monsieur ! hasarda Jérôme à mi-voix.

Un silence gêné s'installa aussitôt autour de la table.

— Oui, dit Freddy en se raclant la gorge. Il paraît que c'est ce que vous avez prétendu aussi devant le Commandant...

Maintenant, tous les regards étaient braqués sur Jérôme. Le jeune homme eut une impression indéfinissable. C'était comme si des questions brûlaient les lèvres de plusieurs de ces hommes, sans qu'ils osassent les formuler.

— Jenkins dit, reprit Freddy d'une voix traînante, que c'est là, de votre part, une ruse de guerre... Que votre père... Comment s'appelle-t-il déjà, votre père ?

— Jacques Notton, Monsieur ! répondit Jérôme.

— Eh bien ! Jenkins prétend que votre père — qui est ingénieur, je crois, ou quelque chose dans ce genre — travaille pour le compte des Allemands...

— C'est une calomnie, Monsieur ! s'indigna Gilles. Je veux dire... Il s'interrompit et reprit plus calmement : Si la France était encore occupée... Mais elle ne l'est pas... Hitler et le Japon et l'Italie fasciste ont été vaincus depuis longtemps.

Attiré par la discussion, Bill, le cuistot, avait abandonné son chaudron et s'était approché du pas incertain des hommes bedonnants. Il tenait à la main une lanterne alimentée par l'huile de coprah.

— La guerre est finie ? C'est trop beau pour être vrai ! s'exclama-t-il avec une ironie appuyée, en posant la lanterne sur la table.

Gilles examina le visage rond, luisant de sueur. Il voulut répondre, mais fut devancé par Willie, lequel rabroua le cuistot :

— Tu ne pouvais pas apporter la lanterne plus tôt, espèce de crétin ? Nous sommes dévorés par les moustiques...

C'était vrai. Les deux frères souffraient eux aussi des piqûres des moustiques, que le crépuscule avait rendus virulents. Attirés par la lumière, les minuscules bêtes lâchaient leurs proies et entouraient maintenant la lanterne d'un voile noir et mouvant.

— Bah ! observa Freddy d'une voix calme, pour nous, la guerre sera finie quand nous pourrons rentrer au pays...

— Quel beau jour ça sera, mes enfants ! reprit Frankie, tristement.

Puis, en s'animant, il se tourna vers les deux frères :

— L'un d'entre vous, m'a dit Jenkins, s'intéresse aux sciences naturelles. Est-ce vrai ?

— C'est moi, Monsieur ! répondit Gilles. Je comptais m'inscrire, dès la rentrée, à la faculté des sciences.

Frankie leva les sourcils et ce fut comme si la calotte de cheveux gris eût glissé un peu sur son front.

— Voilà qui me réjouit énormément... énormément... J'aurai enfin quelqu'un avec qui discuter... Si vous saviez, mes amis, quelles découvertes j'ai faites dans cette île !... Quand je retournerai à l'université d'Auckland...

Jérôme ouvrait de grands yeux.

— Auckland ? demanda-t-il. Auckland ?... Mais ça se trouve en...

— Parfaitement, enchaîna Frankie. La capitale de la Nouvelle-Zélande...

— Je pensais que vous étiez des Américains...

De gros rires saluèrent cette remarque.

— Nous, des Yankees ?... Tu n'y es pas, mon gars ! s'exclama Freddy. Nous sommes sous le commandement de MacArthur, oui... C'est-à-dire, s'il est toujours en vie, ce brave homme... Mais nous sommes des Néo-Zélandais...

— Et nous sommes fiers de l'être ! compléta Johnny, l'homme au colt.

— Oui, c'est à Auckland qu'on m'attend, reprit Frankie. A l'université... J'y étais un jeune assistant avant la guerre... Ah ! quand j'y retournerai, mes découvertes feront l'effet d'une bombe... Les savants du monde entier...

Johnny s'était penché par-dessus la table et, méchamment, vrillait son index dans sa tempe comme pour faire comprendre aux jeunes Notton que le pauvre Frankie était un peu « dérangé ».

— Depuis le temps que tu nous casses les oreilles avec tes découvertes !... s'exclamat-il. Où sont-elles ? Nous n'en avons pas vu l'ombre d'une seule !...

— C'est de votre faute ! se défendit Frankie d'une voix lamentable. Vous n'avez pas voulu que...

— Comment ça? s'étonna Johnny. Tu nous a embarqués dans toute une expédition... Résultat? Zéro !... Allons, allons, tout ça se passe dans ta tête !...

— Mais non, mais non !... Ce n'est pas parce que cette fois-là... Vous auriez dû m'écouter... Y retourner !... Vous auriez vu, de vos yeux vu... Mais vous êtes têtus... de mauvaise foi...

Les deux frères étaient sensibles aux accents de détresse de Frankie. Ils pressentaient un drame dont ils ne comprenaient pas les tenants et aboutissants. D'un mouvement violent, Frankie se tourna vers Gilles.

— Il ne faut pas les croire... Ils... ils... Je vous en parlerai, jeune homme !... Vous vous appelez Gilles, n'est-ce pas? Gilles Notton?... Je vous en parlerai... et... et je vous les montrerai...

— Hé! doucement, le reprit Freddy. Tu peux leur en parler tant que tu veux... Tu nous as tellement ressassé tes fantasmagories que nous autres... Bref, si tu as besoin d'un nouveau public, à ton aise... Mais pour les leur montrer, comme tu dis... N'oublie pas que ces garçons n'ont pas le droit de quitter le camp...

— Mais Freddy ! s'exclama Frankie d'une voix malheureuse.

Son regard se heurta à celui de Freddy et il ravala sa plainte. Gilles nota qu'en l'absence du Commandant c'était Freddy qui représentait l'autorité. Frankie s'était tu pour de bon et était tombé dans un état de prostration qui ressemblait à une dépression nerveuse.

Une fois de plus, un silence pesant s'installa autour de la table. Marchant sans bruit dans la poussière, avec des gestes adroits, les jeunes femmes Djin-Djin apportaient maintenant des salades de fruits baignant dans du lait de noix de coco, et des avocats géants. Willie les regarda faire avec des yeux attentifs, puis s'étira et bâilla d'une façon sonore.

— Qu'est-ce qui vous prend tous à vouloir rentrer? Est-ce qu'on n'est pas bien ici? Les Djin-Djin sont jolies, on n'a rien à faire de toute la journée, le chef ne se débrouille pas mal pour la pitance.. Que voulez-vous de plus? Pour ma part, la guerre peut continuer jusqu'à la fin des âges..

Dick, le manchot, frappa la table de son unique poing :

— Tais-toi, imbécile! On voit bien que ce n'est pas toi qui as perdu un bras dans cette diable d'île!... Si t'avais eu à vivre ce que j'ai vécu...

— Ça va... ça va... fit Willie, conciliant. Je ne dis pas... Mais, dans ton bled aussi tu

72

aurais pu avoir un accident... Un accident de voiture, par exemple...

— Tu appelles ça un... un accident !... Dick suffoquait de rage.

— Hi ! hi ! ricana l'homme à la conjonctivite. Willie a raison. On peut perdre ses bras l'un après l'autre, mais sa vie, on ne la perd qu'une seule fois... Si un jour, l'un de ces gros bonnets de l'état-major... Bref, si l'on me proposait une récompense pour mes actes de bravoure... Eh bien ! je lui dirais comme ça : primo, mon Général, ne m'envoyez plus à la guerre ! On y perd sa vie en moins de deux et on la récupère difficilement... Deuzio : pas de médaille pour moi ! Nommez-moi plutôt gouverneur à vie dans notre île...

— Voilà qui est bien parlé, Boudy ! s'exclama Johnny en donnant une grande tape sur l'épaule de l'homme aux yeux malades. Je vais plus loin : qu'on ne me parle plus de la fin de la guerre !... On se la coule douce ici ! Nous avons nos petites habitudes !... Je le dis comme je le pense : moi, la paix, ça me dérangerait plutôt !... Qu'on ne me parle pas de paix !... Qui me parle de paix et de retour au pays et de toutes ces sornettes ?... Bref, j'y suis, j'y reste !...

Johnny alluma un gros cigare qu'il s'était confectionné avec les feuilles du tabac cultivé sur place. Il exhala la fumée en fermant les yeux dans un grand contentement de soi et de la vie tout court. Peut-être avait-il exprimé l'avis d'un certain nombre de ses camarades.

Freddy frottait pensivement son menton glabre.

— Moi, dit-il, ce qui me déprime, c'est la saison des pluies. Une fois de plus, elle est à nos portes, mes enfants... Je déteste l'eau qui tombe du ciel... Je déteste la douche... Je rêve d'un bain chaud, dans une vraie baignoire, avec du savon parfumé à portée de la main... Vous ouvrez un robinet : il vous arrive de l'eau bouillante... Un autre robinet : vous avez de l'eau glacée... Vous réglez la température de l'eau à votre gré, selon votre convenance... Vous vous prélassez... Vous rêvassez... Vous feuilletez des magazines... Quel bien-être ! Quel confort !... Un bain chaud, qui durerait des heures... La salle de bains, voilà la plus belle conquête de l'homme !... Et lorsque...

Il ne continua pas, comme si les sensations imaginées eussent atteint une intensité que les paroles ne pouvaient plus traduire.

— Pour ça, oui, observa le balafré avec un soupir. Ici, l'eau vous tombe dessus ou alors c'est le bain de vapeur. On transpire... on transpire... Ça vous donne soif... Ce qui me manque le plus dans ce maudit pays, c'est le scotch...

Le balafré s'humecta les lèvres, les yeux fixés dans le vague.

— Oui, le scotch !... J'en ai par-dessus la tête de votre saki puant ! grogna-t-il. Ah! la fête que je me payerai, les amis, dans trois ans, quand je serai de nouveau à Lyttleton !...

Freddy le foudroya du regard :

— Et pourquoi dans trois ans, espèce de...

Le balafré se troubla, la rougeur monta à son front.

— J'ai dit... trois ans? bredouilla-t-il. Ça... ça m'a échappé !... Je veux dire... C'est bête, t'as raison !... Comme si l'on pouvait savoir combien de temps durera cette saloperie de guerre ! Elle peut durer encore trois, quatre ou cinq ans... C'est bien ce que tu veux me faire dire, hé! Freddy ?

Sa confusion même engendrait sa colère. Soudain, il explosa :

— Et puis, en voilà assez ! hurla-t-il.

Il s'était levé si brusquement qu'il avait failli renverser le banc sur lequel étaient assis les jeunes Français. Il était maintenant très pâle. Seule sa balafre flamboyait en travers de son front.

— Je vous donne trois ans! Pas un de plus !... Et si, au bout de ces trois ans, nous ne sommes

pas sortis de la mélasse, je fais cavalier seul!...
Vous m'avez compris?

Ayant lancé ces derniers mots comme un défi, il tourna sur ses talons et s'en fut, à grandes enjambées, en direction de la jungle.

De nouveau, une espèce de contrainte s'empara du petit groupe autour de la table. Finalement, ce fut Freddy qui rompit le silence.

— N'y faites pas attention, dit-il en s'adressant aux deux frères. Mike est un peu cinglé... Nous sommes tous ici à bout de nerfs... Songez donc, depuis dix-sept ans sur le qui-vive!... Et maintenant, ajouta-t-il en changeant de ton et en se levant, je vous souhaite à tous une bonne nuit!... N'oubliez pas que, demain, nous avons des exercices d'alerte!...

Tout le monde quitta la table, pour s'égailler dans le village. Frankie seul s'attarda un instant, les yeux fermés et les mains jointes. Gilles eut l'impression qu'il faisait une brève prière.

Les étoiles éclairaient suffisamment la nuit pour que les deux garçons n'eussent aucun mal à retrouver leur hutte. Ayant grimpé dans leurs hamacs, ils écoutèrent un long moment le bruissement de la jungle toute proche et les cris des rapaces nocturnes inconnus qui menaient grande chasse. Ils étaient tous les deux sous l'impression pénible de cette première journée passée au camp. Ni la têtue et extravagante conviction de ces hommes qu'ils étaient encore en guerre, ni leurs propos n'étaient sans faille. Gilles avait le sentiment que quelque chose boitait dans toute cette histoire. C'était indéfinissable, impossible à cerner, déroutant et contradictoire... Comme si le monde avait été gauchi par un prisme déformant.

Jérôme chuchota soudain dans le noir :

— As-tu fait attention, Gilles, aux paroles du nommé Freddy ?

— Je ne vois pas à quoi tu fais allusion.

— « Depuis dix-sept ans sur le qui-vive ! » a-t-il dit. Je ne comprends pas ses calculs... Autant que je m'en souvienne, la guerre dans le Pacifique a commencé en 1942... Nous sommes en 1966. Ça nous ferait déjà 24 ans... Mais admettons qu'ils aient été lancés à l'attaque de cette île seulement en 1944 ou 1945... En prenant comme base le cas extrême, qui coïnciderait avec l'année de la fin de la guerre, de 1945 à 1966, ça nous ferait toujours 21 ans et non pas 17...

Gilles réfléchissait. Le « fort en math », qu'était Jérôme avait raison de soulever ce nouveau lièvre.

— Attends un peu, fit Gilles. En ajoutant

17 ans à 1945, ça nous fait combien ? 1962...
Et quelle est la date que Jenkins avait marquée
sur l'ordre destiné au cuistot ?...

— 3 mai 1962... Étrange, en effet...

— Ça ne fait pas un pli, mon vieux, dit
Gilles. Ces pauvres bougres non seulement
croient que la guerre continue toujours, mais
ils ont perdu aussi la notion du temps...

Jérôme grogna son assentiment. C'était,
en effet, une hypothèse plausible. Mais elle
n'était pas entièrement satisfaisante...

Oncle Too

Éreintés, les hommes avaient pris place sur
une terrasse de la falaise, presque à la lisière
de la forêt. L'exercice d'alerte avait été un
bien triste simulacre, mettant à nu la condition
physique lamentable de ces hommes-épaves.
Rien que de transporter les deux mitrailleuses
légères et les deux mortiers, constituant l'essentiel de leur armement, jusqu'aux abords de la
plage avait coûté au petit commando des
efforts surhumains. Malgré son récent accès
de fièvre, le Commandant avait chargé son
sten sur son épaule; aussi n'était-il parvenu
au bout de la piste qu'en titubant comme un
homme ivre.

L'exercice lui-même avait consisté en l'assaut de Willie, de Bill, le cuistot, et du balafré
qui, symbolisant les Japonais débarqués sur
la plage, s'étaient rués vers les falaises en
agitant des sabres en bois et en criant « banzai».
Leurs camarades étaient supposés les accueillir
par un tir croisé de mitrailleuses et des grenades

lancées du haut des falaises, le tout assorti de ces cris rauques avec lesquels les «marines» sont censés intimider les assaillants. Mais la minceur des effectifs et l'extrême état de fatigue dans lequel se trouvaient déjà les « adversaires » conféraient à leurs cris une inefficacité pathétique. Il n'y avait pas là de quoi effrayer une souris.

Comme d'habitude, Jérôme et Gilles avaient échangé des regards significatifs. Ils n'avaient pas besoin de se parler pour se comprendre. Ils avaient tous les deux la même impression : ces hommes n'avaient pas l'habitude de ces exercices, aussi dérisoires fussent-ils. Ils jouaient aux soldats dans l'unique et évidente intention de faire croire aux jeunes Français qu'ils étaient toujours à même de repousser une tentative de débarquement.

Maintenant qu'ils étaient hors de souffle et que la fatigue avait creusé davantage leurs traits hâves, ils semblaient se rendre compte eux-mêmes que leurs jeux guerriers étaient peu convaincants. Assis à la ronde, passablement abattus, les hommes examinaient, avec une espèce d'envie, les deux jeunes Français dont les corps athlétiques et pleins de santé juraient avec leurs carcasses décharnées. Résumant le sentiment général, le manchot **grogna** :

— Occupé ou pas, Paris c'est toujours Paris !... On y mange bien, hein, mes gaillards ?

Gilles eut un sursaut, mais s'abstint de toute réponse. A quoi bon ? Cela n'avançait en rien les choses et n'eût pas effacé le sentiment de malaise qu'il éprouvait lui-même devant ces hommes épuisés.

— Hé ! fit Jenkins, faisant passer à la ronde une gourde remplie de saki, c'est que nous ne sommes plus si jeunes !... Sans parler des fièvres qui nous ont minés... Ça me rappelle Guadalcanal... Vous vous en souvenez, les gars ? Là aussi on se battait avec 40 de fièvre !...

— On a tenu bon quand même ! observa Freddy.

— Oui, fit Jenkins rêveur. La 1re Division des Marines... Nous avons été les premiers à affronter les Japs... Il fallait tenir cet aérodrome de malheur ! Ça a été une rude école !... Je me souviens encore de la première charge banzai. Les Japs sortaient de la forêt, des grottes et des crevasses, ils se ruaient sur nous au pas de course, précédés de leurs officiers qui brandissaient des sabres de samouraï... Tout en courant, ils déchargeaient leur fusil, dans l'espoir de nous voir riposter et trahir ainsi nos emplacements... Mais nous les reçûmes avec des grenades seulement, dont la trajectoire est invisible la nuit... Déroutés, décimés, liquidés dans les combats corps à corps, ils finirent par refluer... Ce fut notre première victoire...

— Suivie par beaucoup d'autres, fit Freddy en écho.

— Un pain bien amer, que ces victoires ! grogna Mike, le balafré. Il y avait « l'Express de Tokyo », l'escadre japonaise... Quand ils nous eurent coulé quatre ou cinq croiseurs, je ne m'en souviens plus très bien...

— Dans la baie de Guadalcanal... la Baie au Fond de Fer...

— Oui, c'est ainsi qu'on l'avait nommée par la suite ! Oui, après cette catastrophe, nous fûmes seuls... Et pour longtemps...

— Bombardés jour et nuit... fauchés par la malaria... mangeant un riz plus pourri encore que celui que nous mangeons...

— Pour avoir été bombardés, oui, on l'a été ! fit Dick le manchot, en s'essuyant la bouche après avoir bu à la gourde... Les canons des croiseurs et les bombardiers, et les « pierrots-marmites » que les Japs avaient débarqués dans l'île... Ça a été le pilonnage de jour et de nuit... le plus sale pilonnage qu'on puisse imaginer...

— Pourtant, on a tenu !... Hein, Freddy, qu'on a tenu? s'exclama Willie avec orgueil.

C'est qu'il y avait avec nous des types formidables! Tu te souviens de Jeff? Le gars qui est sorti des tranchées pour que les Japs tirent sur lui et qu'on puisse repérer leurs nids de mitrailleuse?

— Et Sam, alors? renchérit Boudy. Je lui dois la vie, à ce gars! Quand la grenade a roulé dans le trou, il s'est couché sur elle, il a été déchiqueté... Et pourquoi? Parce que moi, je desservais le mortier... De nous deux, c'est moi qui devais survivre...

— N'empêche, dit Freddy d'une voix songeuse, ils nous ont laissé drôlement tomber!

D'une voix rauque et fausse, il se mit à chanter :

Oh, oui! Bon Dieu, nous aurions bien
[voulu
Que l'armée vienne à la rescousse.
Mais Douglas MacArthur, ce sacré têtu...

Ses camarades reprirent en chœur, avec des mines dégoûtées :

« *Mais Douglas MacArthur, ce sacré têtu,*
Nous laisse moisir dans la brousse.
Et savez-vous pourquoi? Il l'a dit carrément,
Paraît que c'est pas du tout le moment,
Il fait trop chaud, les biffins se trouvr'aient
[mal

83

> *S'ils s'amenaient maintenant à Guadal-
> [canal... »*

Les hommes du Commandant Jenkins
avaient complètement oublié Jérôme et Gilles.
Ils chantaient la chanson de dérision comme
une mélopée ou comme une plainte... Une
chanson qui remuait en eux des souvenirs
angoissants et tristes... Une chanson qui faisait mal. Les deux garçons, fascinés, écoutaient, en retenant leur souffle. L'orgueil
guerrier de ces hommes avait semblé, un
peu plus tôt, leur faire oublier leur condition
présente. Mais la chanson, elle, semblait
raviver une vieille amertume, qui trouvait
ses prolongements dans le présent...

— Ils nous ont abandonnés une première
fois... dit Freddy d'une voix traînante. Et la
deuxième fois...

— La deuxième fois, ils nous ont exterminés ! compléta le balafré, hargneusement.

Ces paroles énigmatiques eurent le don de
ramener l'attention de Jenkins et de ses
hommes vers les jeunes Français.

— Dieu soit loué, fit le manchot à l'adresse
de Jérôme et de Gilles, les Japs ont dû déguster
quelque chose entre-temps !... Ils n'ont plus
mis les pieds par ici depuis... Oh! depuis fort
longtemps !

— Et s'ils voulaient jouer de nouveau les méchants... Eh bien ! nous saurions les recevoir comme il convient ! fanfaronna Willie.

— D'autant que nous avons maintenant du renfort ! railla Jenkins avec un clin d'œil vers les deux frères. Allez, les gars ! Il nous faut rentrer au camp ! En avant !

Il se leva péniblement, chargea son sten sur l'épaule et se dirigea vers la piste qui menait au village. La petite colonne suivait à la queue leu leu.

Profitant d'un tournant que faisait la piste, Jérôme s'approcha de Gilles et lui chuchota :

— Que penses-tu de toute cette comédie, Gilles ?

— Je n'y comprends rien, répondit Gilles à voix basse.

La petite colonne s'étirait le long des rizières, lorsque Gilles se trouva dans le sillage de Frankie. Il avait observé que l'ancien naturaliste participait bien mollement à la morne exaltation de ses camarades. Pressant un peu le pas, Gilles s'approcha de Frankie et, profitant de l'éloignement relatif des autres, il lui chuchota rapidement :

— Nous aimerions vous parler, Monsieur ! Seul à seul... Pourriez-vous nous rendre visite dans notre hutte ?

Frankie se retourna et examina Gilles avec

85

une intense curiosité. Puis il acquiesça en silence.

Ils pataugèrent ainsi, un long moment encore, dans le chemin bourbeux. Dès l'entrée dans le village, les hommes se dispersèrent. Jérôme et Gilles prirent le chemin de leur paillotte. Du seuil de leurs huttes, des hommes et des femmes Djin-Djin leur faisaient des signes d'amitié.

Les deux garçons eurent la surprise de tomber sur l'oncle Too, qui paraissait les avoir attendus dans les parages de leur propre hutte. Le géant débonnaire leur souriait de toutes ses dents.

— Vous avoir faim, dit-il. Oncle Too apporte manger...

Il disparut derrière une hutte et revint aussitôt en courant et en regardant de tous les côtés pour s'assurer qu'on ne le voyait pas. Il tenait dans ses grosses mains une terrine. En pénétrant le premier dans la case des garçons, il posa la terrine par terre et s'accroupit auprès d'elle.

— Vous, pas méchants. Vous, manger ! dit-il péremptoirement.

Les deux frères se regardèrent en souriant. Ils avaient faim, oui. Et l'attente de l'unique repas du soir leur paraissait une épreuve bien dure à supporter.

— Qu'est-ce que c'est? demanda Jérôme en montrant le contenu indéfinissable de la terrine.

— Cuisse à grenouille, dit oncle Too, en ricanant. Eux, bêtes. Eux, pas manger.

Jérôme partit d'un joyeux éclat de rire.

— A la bonne heure, oncle Too ! Vous avez raison : ils sont bêtes ! En bons Français, nous ferons honneur à vos cuisses de grenouille !

Après un instant d'hésitation et comme ils n'avaient à leur disposition ni cuiller ni fourchette, les deux garçons plongèrent la main dans la terrine. Oubliant leurs soucis, ils s'empiffrèrent avec le bel appétit de leur âge, en poussant des ah ! et des oh ! de satisfaction, car le mets était succulent.

Oncle Too participait au régal de ses amis, en souriant jusqu'aux oreilles et en claquant sa cuisse nue en signe d'approbation. Lorsque — après un temps qui ne fut guère très long — les garçons eurent nettoyé la terrine, oncle Too redevint sérieux.

— Oncle Too construire pirogue, fit l'indigène d'un air mystérieux. Oncle Too cacher pirogue... Vous aider oncle Too partir...

— Si j'ai bien compris, dit Gilles, ils ne vous laissent pas construire une pirogue, oncle Too ?

— Eux pas vouloir oncle Too partir...

Eux, cacher devant Djin-Djin île Moa Moa...

— C'est notre île qui s'appelle Moa Moa ?

Oncle Too hocha la tête en signe de dénégation.

— Une autre île alors ? Où se trouve-t-elle ?

Oncle Too fit avec son avant-bras un geste qui indiquait le sud.

— C'est loin d'ici ?

Oncle Too hocha la tête affirmativement. Gilles poursuivit son interrogatoire.

— Et des Djin-Djin de Moa Moa sont venus ici ?

— Eux venus, confirma oncle Too gravement. Jenkins pas bon. Lui obliger tous cacher. Djin-Djin aussi.

— Il vous a obligés de vous cacher, vous aussi ? demanda cette fois-ci Jérôme, sans dissimuler sa perplexité.

— Tous cacher. Blancs et Djin-Djin...

— Où vous êtes-vous cachés ? Dans la jungle ?

Oncle Too montra maintenant le nord.

— Tous cacher...

Il chercha le mot, mais ne le trouva pas. Il posa ses mains sur ses yeux.

— Nuit, toujours nuit. Grosses bêtes... Djin-Djin beaucoup peur...

Un sifflet à roulette se fit entendre quelque part dans le village. Gilles se souvint, soudain, qu'il avait donné à Frankie rendez-vous dans leur hutte. Il n'était peut-être pas très sage que Frankie trouvât oncle Too sous leur toit.

— Frankie doit venir ici, oncle Too! dit-il.

— Frankie bon, fit l'oncle Too.

— Peut-être. Mais il vaut mieux qu'il ne vous trouve pas ici.

Oncle Too réfléchit un instant. Il donnait sans doute raison à Gilles, car il se leva et, prenant la terrine sous le bras, s'apprêta à quitter les lieux.

— Vous aider oncle Too partir? demanda-t-il encore, avant de franchir le seuil de la hutte.

— Nous ferons de notre mieux, répondit Jérôme prudemment. Mais nous ne comprenons pas très bien encore ce qui se passe sur cette île... Merci, en tout cas, pour les cuisses de grenouille...

Lorsque le géant eut quitté leur sommaire demeure, Jérôme poussa un soupir.

— Je n'ai pas menti : je comprends de moins en moins ce qui se passe dans cette île, dit-il d'une voix chagrine.

— En tout cas, observa Gilles, l'oncle Too nous a appris une chose : lorsque les étrangers, supposés ennemis, débarquent ici, nos fameux

89

maquisards ne les combattent pas. Ils se cachent.

Une petite toux se fit entendre devant leur hutte. Frankie était exact au rendez-vous.

— Bonjour, Messieurs, dit-il cérémonieusement. Vous vouliez me parler, je crois... Puis-je m'asseoir ?

Il attendit poliment que Jérôme lui eût indiqué l'un des deux escabeaux.

— Je viens de voir Too sortir d'ici. Il semble vous avoir pris en amitié ! observat-il. C'est un brave bougre !

— Cette opinion ne semble pas partagée par beaucoup de vos camarades, hasarda Gilles.

— Oh ! vous savez... Mes camarades ne se rendent pas compte à quel point notre île est, pour un naturaliste, une véritable île au trésor... Tenez, les Djin-Djin, par exemple... J'ai toujours pensé que leur gigantisme est lié à l'extraordinaire isolement de notre île... C'est cet isolement qui les a empêchés de s'abâtardir. Ils témoignent, eux aussi, à leur façon, d'un étonnant passé... Avez-vous jamais entendu parler, messieurs, de la race de géants, aujourd'hui disparue, qui avait pris, dans de vastes régions de la Chine, la relève du pithécanthrope ?... Je vous parle des « giganthropoi » du Sikiang, dont on a trouvé plu-

90

sieurs ossements, vieux de plus de cinq cent mille ans. Leur taille dépassait les 3 mètres. Le « sinanthropos » de Pékin, étudié non seulement par le grand anthropologue chinois Peï Wen-chung, mais aussi par de nombreux savants occidentaux, atteignait à peu près la même taille... Mais on a trouvé bien mieux ! Et dans les îles encore !... Le squelette de géant trouvé à Ceylan mesure 4 mètres, autant que le « méganthropos » de Java. Celui de Gargayan, dans les Philippines, bat tous les records : 5 m 18 !...

— C'est à peine croyable ! s'exclama Gilles.

— C'est pourtant vrai ! répliqua Frankie. Vous êtes Français, vous devriez savoir que certains squelettes, trouvés sous les dolmens de votre pays, mesuraient de 2,60 à 3 mètres. Or, ces hommes sont d'une époque bien plus récente que les géants d'Extrême-Orient ou que ceux trouvés à Swatkraus, en Afrique du Sud. Les géants devaient être assez répandus sur toute la terre. Les mythes de tous les peuples en ont gardé le souvenir. Ce sont les Titans et les Cyclopes des Grecs, les Izdubar des Chaldéens, les Emin des Hébreux, les Danava et Daïtia des Hindous, les Rakshava des Cingalais... Même les Indiens d'Amérique, les Tibétains et les Australiens parlent dans leurs légendes de géants... Oui, il fut un temps où les hommes, tout comme avant eux les lézards, étaient atteints de gigantisme...

Légèrement sceptiques, les frères Notton suivaient les explications du naturaliste avec une attention polie.

— Et à quoi attribuez-vous ce phénomène? demanda Jérôme.

Comme dégrisé par le ton de la voix de Jérôme, plus que par sa question, Frankie s'accorda un temps de réflexion.

— Les savants n'ont pas encore trouvé une réponse satisfaisante. Peut-être la terre était-elle soumise à des radiations d'une nature et d'une intensité que nous ne connaissons plus. En tout cas, messieurs, j'ai procédé sur les Djin-Djin à des mensurations précises. La forme et les dimensions de leur boîte cranienne et de leurs mâchoires s'ajoutent à leur taille pour me persuader que nous sommes en présence de survivants, miraculeusement conservés, des « giganthropoi » de Chine... Mais j'ai d'autres preuves à l'appui...

— Lesquelles?

Frankie était sur le point de répondre, entraîné par l'espèce de fièvre que lui donnait une passion longtemps contenue. Mais un bruit de voix s'éleva soudain. Sur la place du village, deux hommes s'étaient pris de querelle et échangeaient, en anglais, d'abominables injures. Frankie sursauta.

— Messieurs, j'ai oublié que vous m'aviez fait venir pour des raisons sans doute importantes... Je ne vous cache pas que ma présence auprès de vous pourrait être mal interprétée par mes camarades. Vous êtes considérés comme des suspects... N'eût été votre jeunesse, Jenkins vous aurait traités en ennemis... Puis-je savoir pourquoi vous m'avez fait venir ?

Jérôme consulta son frère du regard.

— Voilà, monsieur ! fit-il. Nous sommes intrigués. Regardez cet ordre destiné au cantinier et signé et daté par Jenkins ! Y voyez-vous quelque chose d'insolite ?

Jérôme avait tendu à Frankie le bout de papier sur lequel le Commandant avait signé son ordre. Frankie l'examina longuement avec une grande attention.

— Je ne vois rien, messieurs, fit-il en rendant le papier à Jérôme, qui mérite qu'on s'y arrête...

— Regardez encore, insista Jérôme en lui tendant de nouveau le papier. Regardez la date...

— Eh bien ! la date... répéta Frankie sans comprendre.

— L'ordre est daté du 3 mai 1962... Or,

nous sommes le 7 juillet 1966, très exactement... Nous voulions vous demander si...

Le long visage ascétique de Frankie était
tout congestionné.

— Quoi ?... Que dites-vous là ?...

— Ah ! s'exclama Jérôme avec satisfaction.
Ainsi donc, notre supposition était juste...
Il ne s'agit pas d'une erreur... Vous vous
croyez vraiment en 1962...

— Messieurs, est-ce que vous vous rendez
compte de...

Raide et figé, Frankie parlait d'une voix
blanche. Il reprit un peu plus bas :

— Etes-vous sûrs de ce que vous avancez
là ?

— Absolument sûrs, monsieur !

— Mais... mais vous n'avez pas de preuves !
constata-t-il avec un extraordinaire mélange
d'anxiété et de soulagement.

Les deux frères se regardèrent. Ils n'avaient
pas prévu que leur bonne foi pût être mise en
doute une fois de plus. Gilles réfléchit un
instant.

— Écoutez, monsieur ! Nous vous disons
la stricte vérité... Mais puisque vous hésitez
à nous croire... Les malheureux compagnons
de notre accident... Les noyés que vous avez
enterrés sur la plage... Ça serait vraiment par
trop extraordinaire qu'aucun d'entre eux n'ait

eu sur lui un agenda... une lettre... Qu'a-t-on fait des vêtements des morts? Consultez donc leurs papiers et vous trouverez confirmation de nos dires...

Cette fois, Frankie avait sauté sur ses pieds et, dans un état d'agitation insolite, s'était mis à arpenter la hutte exiguë.

— C'est vrai ! fit-il en se tordant les mains. Je n'y avais pas pensé ! Comment y penser d'ailleurs? Jenkins enregistrait les jours, les semaines, les mois sur son calendrier...

Jérôme et Gilles étaient perplexes devant les réactions de Frankie.

— C'est que le Commandant a dû se tromper, observa Gilles.

Frankie s'arrêta au milieu de la hutte et partit d'un éclat de rire aussi pénible qu'un sanglot.

— Se tromper ? Ha, ha ! Vous ne le connaissez pas !... Nous serions en 1966 !... En 1966 !... Mais alors...

Il s'interrompit et s'approcha des deux garçons jusqu'à les toucher.

— Écoutez, les amis... Si vous ne voulez pas qu'il y ait mort d'homme... Il y va de votre vie aussi !... Si vous ne voulez pas qu'il y ait ici une terrible tuerie, taisez-vous ! Ne soufflez mot à quiconque de notre conversation... Je ferai ma petite enquête... Je vous tiendrai au courant le moment venu... Et alors... Oui, alors, il faudra aviser... prendre des décisions... et peut-être aussi des risques...

Avant que les deux frères eussent pu dominer leur propre angoisse et prononcer un mot, Frankie les avait quittés, se ruant dehors tel un possédé.

Le puzzle

Durant la nuit, il se mit à pleuvoir : une pluie torrentielle au bruit de Niagara. L'eau s'infiltrait, par petits ruisseaux, à travers la toiture. Bientôt, dans la hutte des frères Notton, il n'y eut plus un coin sec. Une odeur de pourri avait envahi l'île. L'immense tambourinade de la pluie empêchait Jérôme et Gilles de dormir. Bien leur en prit ! A la faveur des éclairs qui se succédaient presque sans interruption, Gilles découvrit, au-dessous de son hamac, sur le sol de terre battue, deux gros scorpions transparents que l'humidité avait chassés de la forêt...

Armé d'un gourdin qu'il avait ramassé pendant leur retour des « exercices d'alerte », Gilles fit la chasse aux abominables insectes. Il dut leur assener, à chacun, plusieurs coups, car les scorpions sont coriaces et longs à mourir... Hantés désormais par la menace des bestioles vénéneuses, les garçons ne fermèrent plus l'œil de la nuit. Ils ne plongèrent dans un sommeil agité qu'à l'aube, lorsque le soleil, après avoir chassé les nuages, fit fumer la jungle trempée jusqu'à la couvrir d'un épais brouillard.

Jérôme rêvait qu'il se trouvait en classe et qu'il alignait des formules mathématiques au tableau noir, avec une facilité qui plongeait dans la stupéfaction son « prof » et ses camarades de Centrale. Il fut arraché à son rêve agréable par une rude secousse. En ouvrant les yeux, il reconnut le visage de Jenkins. Le Commandant secoua une nouvelle fois son hamac.

— Allez, debout, mon gars ! fit-il. Réveillez aussi votre frère !... Pour ce que nous avons à faire, il faut mieux s'y prendre tôt.

Jérôme quitta son lit et se mit en devoir de réveiller Gilles. Il n'y parvint pas sans mal. Finalement, les deux garçons — encore passablement abrutis par leur nuit blanche — posèrent sur le Commandant un regard interrogateur.

Celui-ci venait de découvrir sur le sol les carcasses écrabouillées des scorpions.

— Je vois que vous avez eu des visites, cette nuit ! fit-il avec un petit sifflement entre ses dents cariées. Ce sont là les bêtes les plus féroces de cette jungle... Leur piqûre est mortelle... Dick, le manchot, a eu le bras arraché par un crocodile... Il est toujours vivant... Tandis que ces saloperies de scorpions nous ont tué trois hommes... Aussi, faites attention où vous mettez les pieds ! D'autant plus que nous sommes tous nu-pieds ici ! ...

Les deux garçons eurent un frisson rétrospectif. La pensée que le manchot avait eu son bras arraché par un crocodile n'était pas, non plus, pour les rassurer.

Jérôme commençait à se douter de la raison de ce réveil matinal : le Commandant devait vouloir leur confier le poste de radio à réparer. Le jeune homme avait hâte de se mettre à l'ouvrage. Le contact avec le monde extérieur rétabli, les malentendus seraient dissipés et ils ne tarderaient pas à quitter cette île hantée par des scorpions, des crocodiles et des soldats loufoques...

— Vous nous avez apporté l'appareil de radio, Monsieur ? demanda-t-il.

— Non, répondit Jenkins. Je vais vous conduire à la cabane qui nous sert d'atelier. Vous y trouverez l'appareil et aussi les outils dont nous disposons encore... Mais je vous le demande une nouvelle fois : gardez le plus grand secret au sujet de ces travaux !...

Jenkins fit signe aux deux garçons de le suivre. La montre de Jérôme indiquait 4 heures et le village était encore plongé dans le

99

sommeil. Le brouillard n'était pas tout à fait dissipé, mais déjà le soleil luisait à travers les nuages de vapeur qui s'élevaient de la forêt.

Le Commandant prit une piste qui, commençant presque derrière la hutte, paraissait se perdre dans la jungle. Le sol était trempé, et, sur les toiles d'araignée, tissées d'un arbre à l'autre, la pluie avait accroché des gouttes étincelantes comme des diamants.

La piste s'enfonçait de plus en plus dans la forêt vierge. L'un derrière l'autre, les deux frères suivaient le Commandant, les yeux rivés au sol, afin de dépister les sangsues, les fourmilières et les éventuels scorpions.

— Attention ! cria soudain Jenkins.

Joignant le geste à la parole, il bouscula Jérôme et Gilles si brutalement que les deux garçons se retrouvèrent étendus sur le sol.

Un bruit qu'ils n'avaient pas perçu, mais que l'oreille exercée de Jenkins avait détecté bien avant eux, s'enfla, jusqu'à devenir un craquement énorme. Devant leur regard terrifié, le tronc géant d'un eucalyptus s'inclina, s'arracha à la terre avec sa racine et se renversa en travers de la piste avec un fracas, pareil au tonnerre, que la forêt répercuta longuement.

Oui, sans la prompte intervention de Jenkins c'en eût été fait d'eux ! L'arbre les aurait écrasés sous son poids.

— « Un faiseur de veuves ! » dit Jenkins. C'est comme ça que nous appelons, nous autres, ces arbres pourris !... Ils sont là, debout, et l'instant d'après... Regardez, celui-là, ce sont les termites qui l'ont sapé à la base !

Ils reprirent leur marche. La piste montait légèrement. Le sommet d'une montagne, qui semblait dominer l'île, apparut soudain à un tournant. La montagne était comme décapitée par l'érosion, mais son aspect légèrement conique trahissait son origine volcanique. Allaient-ils monter plus haut encore ? Non. Les frères Notton découvrirent bientôt une case isolée, bâtie dans une clairière. Une aire de terre battue l'entourait. Lorsqu'ils y pénétrèrent, Jérôme se trouva devant un établi garni de nombreux outils. Un appareil émetteur-récepteur de campagne y était posé et, à côté, se trouvait, ouverte, une trousse avec des instruments plus fins.

— Personne n'a le droit d'entrer ici sans mon ordre ! dit Jenkins. Je ferai en sorte que mes hommes sachent que vous bricolez ici avec mon assentiment. Mais ils ne doivent pas savoir à quoi ! C'est entendu ?

— Entendu, Monsieur ! répondit Jérôme.

— Bien ! fit Jenkins. Mettez-vous au travail. Je ne me fais aucune illusion. Mais enfin... Puisque vous y tenez... Bonne chance quand même !

Un sourire sardonique semblait jouer autour des lèvres de Jenkins. Il fit, à son habitude, un petit geste de la main et s'en fut.

*
**

La hutte était plongée dans une demi-obscurité. Gilles découvrit cependant une veilleuse, pareille à celle qui se trouvait dans la case de Jenkins, constituée d'un bout de mèche plongée dans l'huile de coprah. Il put l'allumer grâce à un briquet rudimentaire : en le battant, les étincelles que faisaient deux pierres mettaient le feu à la mèche de fibres végétales tressées.

— Voici l'objet le plus précieux qu'on nous ait confié jusqu'à présent, constata Gilles.

Jérôme dévissait déjà la boîte métallique qui recouvrait l'appareil de radio. Il examina ensuite longuement, minutieusement, l'enchevêtrement de lampes, de fils électriques et de pièces en ébonite qu'il avait mis à nu. Il finit par hocher la tête d'un air déçu :

— Il y a eu un court-circuit dans l'appareil. Les lampes sont grillées.

— Ça me rappelle, dit Gilles, qu'il te faut en

102

tout état de cause des batteries. Celles-ci doivent être à plat !...

Il tournait et retournait les deux accumulateurs qui avaient servi à alimenter l'appareil en courant.

— Ça, c'est moins grave, observa Jérôme. On doit pouvoir trouver du soufre dans l'île. En les baignant dans de l'acide sulfurique, il n'est pas impossible de les réactiver. Par contre, je ne vois pas comment je pourrais réparer les lampes... En admettant que je puisse rafistoler les grilles, ce qui déjà n'est pas une mince affaire, comment y refaire le vide avec les moyens de bord dont nous disposons ?

Gilles était profondément déçu. Il avait une grande estime pour les connaissances électroniques de son frère aîné et, un peu naïvement, il se l'avouait maintenant, il avait espéré que Jérôme allait pouvoir réparer l'appareil et leur permettre ainsi d'alerter une station quelconque, un navire ou, pour le moins, un radio amateur à l'affût.

Par acquit de conscience, Jérôme continuait d'examiner les fils et les bobines. Il émit soudain un petit sifflement.

— Tiens, fit-il en enlevant une minuscule plaque métallique qui se trouvait coincée entre les disques d'un condensateur. Voilà la coupable ! C'est elle qui a provoqué le court-circuit ! Mais qu'est-ce qu'elle fait, cette pièce, dans l'appareil ? Elle n'a rien à y faire !...

Il retourna la minuscule pièce dans tous les sens.

— Mon vieux, dit-il, ce corps étranger a été fourré dans l'appareil tout exprès. Autrement dit, l'appareil a été saboté...

Consternés par cette découverte qui ne faisait qu'ajouter un élément nouveau au puzzle indéchiffrable avec lequel ils étaient confrontés, les deux garçons s'assirent par terre, non sans s'être assurés, une fois de plus, qu'aucun scorpion ne les menaçait.

— Qu'est-ce qu'on fait ? demanda Gilles, après un temps de réflexion.

— Nous allons dire à Jenkins qu'il nous est impossible de réparer la radio. Mais je ne crois pas que...

— Oui, tu as raison. Il ne faut pas lui parler de cette plaque...

Tous les deux sursautèrent. Par-delà le caquetage des oiseaux, un craquement, dans le sous-bois tout proche, leur révélait la présence d'un être humain ou d'une bête. A leur grande surprise, ils aperçurent Frankie approchant de la cabane à pas de loup. De loin,

Frankie leur fit signe de se taire. Il avait l'air traqué.

Lorsqu'il passa le seuil de la hutte-atelier, en courbant légèrement la tête, Gilles et Jérôme découvrirent sur son épaule gauche une touffe de plumes d'un vert éclatant. Si parfaitement immobile qu'on eût pu le prendre pour un oiseau empaillé, le perroquet de Frankie posait sur les deux garçons un regard aussi fixe que celui de son maître.

— Vous avez tort de venir jusqu'ici, dit Jérôme, en rompant le silence. Si Jenkins l'apprend, vous pouvez avoir de graves ennuis.

— Je le sais. Oncle Too vous a vus partir tous les trois, ce matin... J'étais inquiet sur votre sort...

Les deux garçons froncèrent les sourcils.

— C'est gentil de votre part, dit Gilles. Mais je ne vois pas pourquoi...

— Ah ! vous ne voyez pas pourquoi ? demanda Frankie avec un soupçon de sarcasme. Pourquoi vous a-t-il enfermés ici ?

— Nous avons promis à Jenkins de ne le dire à personne, répondit Jérôme.

Frankie promena un regard dans la cabane.

— Pas besoin de me le dire. Je vois... Il vous a demandé de réparer le poste de radio ? Pas possible !... Non, ajouta-t-il, je me trompe !

105

C'est vous qui l'avez demandé, n'est-ce pas ?

— Oui... répondit Jérôme, hésitant.

— Et vous avez réussi à le remettre en marche ?

— Non, avoua Jérôme.

Frankie poussa un soupir de soulagement.

— J'arrive donc à temps. Écoutez-moi bien, les gars ! Si vous réparez l'appareil, quelques-uns d'entre nous vous béniront ! Mais pas Jenkins ! Ne lui dites surtout pas que vous avez réussi ! Il est capable de...

Frankie s'interrompit et, par l'ouverture de la paillotte, jeta un regard inquiet vers la jungle...

— Il est capable de quoi ? demanda Jérôme.

Frankie ignora la question. Après un temps, Gilles ajouta :

— De toute façon, Jérôme ne pourra pas réparer l'appareil. Les lampes sont grillées.

Une profonde déception se peignit sur le visage de Frankie.

— Dommage, grommela-t-il. C'est bien dommage !...

Il semblait hésiter.

— Hier soir, alors que se tenait le conseil, j'ai demandé à Jenkins ce qu'il avait fait des agendas et des papiers trouvés sur les corps des noyés. Il m'a déclaré — contre toute évidence — que les noyés n'avaient aucun papier sur eux.

Gilles détaillait le visage tourmenté de Frankie :

— Contre toute évidence, dites-vous... C'est donc que vous nous croyez !

— Moi, je vous crois... dit Frankie d'un air hagard. Mais ça ne suffit pas pour... Ça ne suffit pas aux autres...

Gilles questionna son frère du regard. Jérôme acquiesça d'un imperceptible mouvement de la tête.

— Monsieur, dit Gilles, au point où en sont les choses... Ne voudriez-vous pas nous expliquer les raisons de... de votre inquiétude... et aussi... les choses étranges qui se passent sur cette île ?

Frankie parut pris de court. Il semblait en proie à une lutte intérieure. Il avait noué ses doigts et les serrait si fort qu'ils étaient devenus exsangues. Son agitation agaça le perroquet. L'oiseau préféra quitter le creux de cette épaule, agitée de soubresauts nerveux. Il déploya ses ailes et gagna le sol de terre battue. Il s'y promena alors gravement, d'un pas lent et appliqué.

Soudain, Frankie sembla se décider...

— Oui, mes amis... Le moment est peut-être venu de vous dire la vérité... Je pourrais vous demander de me jurer le silence... A quoi bon ? Vous êtes assez intelligents pour comprendre que vous êtes embarqués aujourd'hui sur la même galère... Et que votre salut dépend aussi de votre discrétion...

Il s'interrompit pour tendre l'oreille aux bruits de la forêt. Mille oiseaux inconnus menaient grand tapage. Mais, après tant d'années de vie dans la jungle, Frankie semblait être à même de percevoir d'éventuels bruits insolites, que les deux frères eussent été incapables de distinguer.

— Tout ce qui se passe ici, reprit-il plus lentement, comme s'il dévidait un vieux rêve, tout ce qui s'est passé ici depuis vingt ans... Car je vous crois, nous sommes bien en 1966 !... Notre horrible et médiocre existence est la conséquence d'un moment d'égarement, d'une folie collective... Et cette folie, oui, c'est la jungle qui en est la grande responsable ! La jungle terrible, que vous ne connaissez pas encore, la mangeuse d'hommes, la démesure verte, vertigineuse et sans pitié, qui vous contamine et vous grignote la raison...

Frankie s'interrompit un instant, pour mieux s'appuyer contre la paroi de bambou de la hutte. Jérôme et Gilles retenaient leur souffle.

— Vous le savez déjà... Nous sommes des vétérans de Guadalcanal, l'une des grandes

îles de l'archipel Salomon, où les « marines »
sont morts par milliers à la pointe du combat
contre les Japonais... Mais, auparavant déjà,
nous nous sommes battus en Grèce et puis
en Crète... Des combats désespérés... des
combats perdus d'avance... Nous avons été
envoyés dans la gueule du loup... Hitler avait
lancé ses meilleures divisions blindées contre les
pauvres Grecs cloués en Albanie par les armées
de Mussolini. Nous étions censés les secourir...
C'était impossible. Nous étions trop peu nombreux, trop mal armés... Un baroud d'honneur
ou une sombre farce, appelez-le comme vous
voudrez... Lorsque l'armée grecque s'effondra,
nous fûmes pour ainsi dire seuls devant les
nazis... Nous dûmes décrocher pas à pas,
de montagne en montagne et de défilé en
défilé... Mon unité, avec Jenkins à sa tête,
combattit en arrière-garde aux Thermopyles...
Debout, nous visions avec nos fusils les Stukas
qui piquaient sur nous en nous mitraillant...
Nous fûmes des héros dignes de l'Antiquité et
Léonidas eût pu être fier de nous... Des héros !...
Qui pourra jamais faire la part des beaux
sentiments — patriotisme, haine du fascisme,
goût de l'aventure — et celle de l'atroce nécessité dans laquelle nous nous trouvions de
défendre notre peau ?... Nous nous retirâmes
de Grèce, mais fûmes durement malmenés

en Crète par les parachutistes allemands...
Nous dûmes évacuer aussi la Crète sous les
bombes qui pleuvaient sur nous jour et nuit.
Nous fûmes rapatriés et, après un bref repos,
envoyés à Guadalcanal. La flotte, l'aviation
américaines nous y abandonnèrent durant de
longs mois... C'en était trop ! Écrasés sous les
bombardements de l'aviation japonaise et
des escadres de « l'Express de Tokyo », assiégés
de partout par les Japonais fanatisés, nous
eûmes, une fois de plus, à combattre durement
pour notre existence, cette fois, il est vrai, en
compagnie des « marines » américains. Cependant, déjà, nous commencions à trouver qu'on
abusait des soldats que nous étions... L'amertume est un ennemi bien plus sournois que
les Japonais... Notre moral était entamé !
Mais nous tenions quand même... Pour garder
Guadalcanal, force nous fut de prendre d'assaut
d'autres îles de l'archipel... Le jour vint où
notre section fut envoyée prendre pied dans
cette île-ci, l'une des plus éloignées, des plus
excentriques par rapport à notre base. Ni la
flotte ni l'aviation n'étaient suffisantes pour
nous accorder un soutien efficace... Le débarquement fut l'occasion d'un massacre... Plan-
qués sur les falaises, les Japs — pas très
nombreux, mais bien armés — s'en donnèrent
à cœur joie... En avons-nous perdu de

camarades, d'engins de guerre et d'embarcations amphibies lors de cet assaut !...Ce qui restait de notre section, sous les ordres du Commandant Jenkins, s'accrocha toute une nuit avec l'énergie du désespoir. Le matin, menacées par la flotte japonaise, les quelques unités de notre Marine, qui nous avaient transportés sur les lieux et avaient couvert notre débarquement de leur feu, avaient disparu. Une fois de plus, nous étions seuls. Aucune retraite n'était plus possible, nous combattions pour notre vie. Peu à peu, nous refoulâmes les Japonais. Pour nettoyer l'île de leur présence, il nous fallait les poursuivre à travers la jungle... La jungle ! Vous ne la connaissez pas encore, non !... Un univers pourri, puant, fétide. Des lagunes couvertes d'une écume verdâtre, d'ignobles marécages où rôdent des crocodiles énormes. Des araignées grosses comme un poing d'homme, des guêpes longues comme le doigt, des fourmis à la morsure corrosive, des sangsues qui se laissent choir des branches pour s'accrocher à votre cou, à vos bras, à vos jambes... Des scorpions — bêtes dangereuses entre toutes — qui n'ont même pas le courage de se suicider comme leurs congénères d'Afrique, des mille-pattes dont le passage laisse sur la peau un sillon enflammé... Et puis, encore et toujours, ces arbres hauts de 30 mètres, ces lianes, ces orchidées vénéneuses qui vous étouffent, vous prennent à la gorge, vous rendent fous... surtout à la saison des moussons, lorsque la pluie, jour et nuit, vous tombe dessus, vous oblige à vivre dans un bain de vapeur qui vous coupe le souffle, vous vide de vos forces, alors que l'ennemi est là pour vous guetter, vous tendre des embuscades, vous harceler sans cesse...

Frankie parlait comme un halluciné. Ses yeux écarquillés semblaient revoir l'horreur passée et ses paroles hachées la distillaient goutte à goutte comme un poison... Il se passa la main sur le front et reprit d'un ton plus bas.

— Nous finîmes par refouler l'ennemi au-delà de la montagne, de l'autre côté de l'île... Nous n'étions plus qu'une poignée d'hommes, enfiévrés, couverts de pustules, maudissant l'ennemi, la guerre et ceux qui nous avaient abandonnés... En une seule nuit, des vedettes japonaises rembarquèrent le gros de leurs forces. Nous combattions toujours, tapis dans la jungle, l'arrière-garde nipponne qui avait couvert l'opération... Et c'est alors que survint l'abominable... A l'aube, nos bombardiers de Guadalcanal surgirent dans le ciel, plongèrent vers   plage et... nous couvrirent d'un tapis de bombes. Ce que ni la jungle ni les Japs n'avaient complètement réussi, les nôtres l'achevèrent : nous fûmes proprement exterminés, en même temps que les derniers Japonais de l'île...

Frankie essuya la sueur qui avait perlé à son front.

— Lorsque les bombardiers furent partis, un silence de mort régnait dans l'île. Nous nous comptâmes. Nous n'étions plus qu'une douzaine d'hommes. Vous décrire l'état d'âme dans lequel nous nous trouvions m'est impossible... Nous étions sous l'empire de la rage et du désespoir. Nous haïssions à mort les nôtres, la guerre et le monde entier. Ce fut Jenkins qui, le premier, décida que nous en avions assez !... Que nous avions fait notre devoir jusque par-dessus la tête et que nous ne recommencerions plus... Il nous fit même prêter serment... La folie, oui, la pure folie !... Quelques jours plus tard, deux vedettes américaines sont venues de Guadalcanal... Sans doute étaient-elles là pour ramener les survivants... Nous, nous nous terrions ! Ils envoyèrent des fusées vertes... Nous ne bougeâmes pas... Elles débarquèrent un petit commando, qui explora l'île... Au lieu d'aller à sa rencontre nous nous cachâmes dans une grotte : une grotte qui devait me réserver bien des surprises !... Finalement, persuadés que nul d'entre nous n'avait survécu à la dernière bataille, les nôtres rembarquèrent après avoir enseveli les morts...

— Et depuis, personne n'a repris pied dans cette île ? ne put s'empêcher de demander Gilles, qui avait suivi le récit de Frankie avec passion.

— Si. Des saïpans japonais... Des indigènes, venus d'autres îles... Une fois même, un navire de tonnage moyen et battant pavillon norvégien a envoyé une chaloupe pour la corvée d'eau... A chaque fois, nous nous sommes cachés...

— Mais pourquoi ?

— Ne comprenez-vous pas ? Devant les lois de notre pays, nous sommes coupables !

— Malgré vos hauts faits d'armes à Guadalcanal ?

— Nous avons gaspillé notre capital d'honneur. N'oubliez pas : au moment où nous décidâmes de tirer notre chapeau, la guerre n'était pas encore finie.

— Ainsi donc, dit Jérôme vivement, vous savez que la guerre est finie ! Vous nous avez joué la comédie !...

— Oui, avoua Frankie. Longtemps nous nous sommes tenus au courant de ce qui se passait dans le monde à l'aide de notre radio.

Les bombes de Nagasaki et d'Hiroshima...
le traité de Potsdam... la paix enfin... Retranchés volontairement de la société, nous nous tenions au courant de tout...

— Il y a donc longtemps que vous auriez pu signaler votre présence dans l'île...

— Nous aurions pu, oui, si nous n'étions pas des... déserteurs. Voilà, le mot est lâché... Même aujourd'hui, j'ai du mal à le prononcer... Que pouvaient espérer des déserteurs d'un retour au pays? Etre traînés devant les tribunaux militaires... Etre condamnés à des peines infamantes... Non ! Il nous fallait attendre...

— Attendre quoi? demanda Jérôme.

— La prescription, répondit Frankie.

Les deux frères se regardèrent, stupéfaits. Soudain, Gilles se frappa le front de sa paume :

— La prescription !... Bien sûr, la prescription ! s'exclama-t-il. Je comprends tout ! Vingt ans après le forfait dont vous vous êtes rendus coupables, la prescription efface votre crime... Après vingt ans, la société pardonne, elle oublie... Elle accorde l'impunité... Même un voleur, un assassin... Oh! pardon, je ne voulais pas vous blesser...

Aux derniers mots de Gilles, Frankie avait sursauté. Il se mordait les lèvres et son visage ascétique reflétait un chagrin intense. Gilles lui posa la main amicalement sur l'épaule.

— Nous ne vous jugeons pas, dit-il d'une voix basse. Nous n'avons aucun droit de vous juger...

Loin de s'attendrir, Jérôme paraissait impatient.

— Eh bien! s'écria-t-il, les vingt ans sont passés. Qu'attendez-vous donc?

Frankie ne répondit pas tout de suite.

— C'est que... finit-il par répondre sombrement, je suis le seul à savoir que les vingt ans sont passés.

— C'est vrai, constata Gilles. Vos camarades se croient en 1962...

— Depuis que notre dernière radio est tombée en panne, depuis que nous sommes vraiment coupés du monde, Jenkins a été le seul à tenir la comptabilité des jours et des années...

— Et il s'est trompé !

Frankie regarda longuement Gilles, les yeux dans les yeux.

— Il ne s'est pas trompé, dit-il d'une voix blanche. Il l'a fait exprès. Il ne veut plus rentrer. Il s'est tellement habitué à cette vie dans l'île... C'est un malade... Il a un fort ascendant sur la plupart de mes camarades... Il ne laissera aucun d'entre nous repartir... Lorsque sa ruse avec le calendrier sera éventée, il s'opposera à notre départ par la force...

Un silence pesant s'installa dans la hutte. Les deux jeunes gens prenaient pour la première fois conscience du véritable péril qui les menaçait. Si Jenkins avait décidé que lui et ses hommes finiraient leurs jours dans cette île... S'il était prêt à imposer son idée démente par la force... Oui, eux-mêmes risquaient alors d'être pris dans le filet de cette aliénation.

— Vous savez, reprit Jérôme, l'appareil que nous sommes censés réparer... Il a été saboté...

— Cela ne m'étonne pas, constata Frankie, calmement.

— Etes-vous le seul à vouloir rentrer aux États-Unis ? demanda Gilles.

— J'ai mes raisons... des raisons brûlantes, je vous l'ai déjà dit. Mes camarades ne les ont pas. Certains pensent avec nostalgie à leur ancienne vie... Mais, le moment venu, seraient-ils prêts à prendre des risques ?... Vous savez, notre santé, notre jeunesse, notre volonté se sont bien émoussées en vingt ans...

— Vous dites : vingt ans... reprit Gilles. Il faudra au moins les persuader que vingt ans sont effectivement passés... Qu'ils n'ont plus rien à craindre. Qu'ils n'ont pas à attendre !

— Ils font à Jenkins une confiance aveugle.

Je ne réussirai pas à les persuader sans preuves formelles... Et puisque vous ne pouvez pas réparer cet appareil... C'eût été là, le seul moyen !

Gilles serra les dents. Les perspectives s'assombrissaient de plus en plus. Il leur fallait coûte que coûte s'évader de cette île de malheur... En dépit de l'extravagante volonté de Jenkins... Pour cela, il leur fallait des alliés... Mais, dans le meilleur des cas, ces alliés, à l'exception de Frankie, ne se manifesteraient que dans trois ans... C'était un cercle vicieux... Et l'idée seule d'être prisonniers de l'île pendant trois ans encore lui paraissait intolérable...

— Je dois maintenant m'en aller, dit Frankie. Je ne sais pas encore ce que nous pouvons entreprendre et... si nous pouvons entreprendre quelque chose !... Je suis venu vous dire simplement que je suis votre ami... Et puis... Il y a quelque chose qui me tracasse... Dans le cas où les choses tourneraient mal pour moi... Tout est possible, vous savez !... ajouta-t-il avec un pauvre sourire. J'aurais aimé vous mettre au courant de mes découvertes... Je voudrais qu'elles me survivent. Je vous conseille de continuer à faire semblant de travailler à la réparation de cet appareil... Nous pourrons partir plus facilement d'ici,

sans être vus et sans encourir le courroux de
Jenkins...

— Partir ? Pour aller où ? demanda
Gilles.

— A la grotte aux fossiles vivants...

«Il y a un traître parmi nous!»

Plusieurs jours passèrent. Jérôme et Gilles ne cessaient de ruminer les étranges révélations de Frankie. Ces hommes meurtris, obsédés, désespérés leur faisaient finalement pitié. Mais ils ne sous-estimaient pas l'avertissement du naturaliste. Les hommes désespérés sont souvent dangereux. Et Jenkins, particulièrement atteint, moralement et physiquement, était d'autant plus redoutable.

Les deux frères continuaient à se rendre à la hutte-atelier, en faisant semblant de s'affairer autour de l'appareil de radio. Ils reçurent une seule fois la visite de Jenkins. Le Commandant devait savoir pertinemment que l'appareil était irrécupérable. Devant les explications embarrassées des jeunes Français, il avait réagi par des sarcasmes. Il entrait cependant dans le jeu des garçons, peut-être pour la seule et bonne raison qu'il était content de les savoir loin de ses hommes, isolés dans une hutte en pleine forêt. C'était vraiment comme s'il eût redouté on ne savait quelle contamination... Le soir, lors des repas pris en commun, il les criblait de ses flèches, et de ses sous-entendus, sans pour autant révéler à ses compagnons la nature des travaux auxquels s'adonnaient les deux garçons.

Entre-temps, Jérôme et Gilles tournaient en rond. Ils ne voyaient pas d'issue à leur situation. Un soir, alors qu'ils déambulaient dans le village, ils s'aperçurent, avec étonnement, que les Djin-Djin étaient tous drapés jusqu'au cou de ces tissus légers qu'ils tissaient à la main. Cet accès de pudeur leur parut insolite. Près de leur hutte, ils rencontrèrent l'oncle Too. Il était tout aussi emmitouflé que ses congénères, et paraissait pressé.

— Mauvais vent... dit-il aux frères Notton. Cette nuit, beaucoup mosquitos !...

Sans plus attendre, il courut se mettre à l'abri.

Passablement inquiets, les deux garçons gagnèrent en hâte leur propre case et, profitant du couchant, se mirent en devoir de colmater, avec de la terre glaise, les fentes dans les parois en troncs de bambou. Ce fut un travail minutieux et pénible dont ils ne vinrent à bout qu'après plusieurs heures d'efforts. Ayant fixé du mieux qu'ils purent la moustiquaire, ils s'allongèrent sur leurs hamacs, sans se parler, tout à leur angoissante attente. Dans le village, comme dans la forêt, le silence était frappant. On eût dit que les bêtes — grandes et petites — s'étaient terrées. Ni le cri des hiboux, ni le coassement des crapauds, ni l'obsédant cri-cri des grillons, ni surtout ce crépitement, le menu bruit qui, dans le sous-bois, marquait le grouillement des bêtes, ne se faisaient plus entendre. Une tiédeur moite enveloppait l'île commeun linceul humide. Vers minuit, venant de loin, de très loin, comme d'un autre monde, un son ténu, bizarre, de vaisseau interplanétaire, se rapprocha de la terre et s'enfla rapidement. Et le nuage de moustiques s'abattit sur le village... Des myriades d'insectes assoiffés de sang additionnaient leur zzzmmm obsédant pour en faire un vrombissement éperdu et mortellement menaçant...

Jérôme et Gilles entendaient le crépitement des insectes contre les parois de leur case. Un froissement continu, agité, avide... Ah! qu'ils avaient bien fait de rendre étanche leur minuscule demeure ! Ils avaient l'impression que si les moustiques avaient trouvé une seule faille importante dans leur défense, ils s'y seraient engouffrés pour les dévorer vivants... Mais, bien que les deux frères eussent colmaté de leur mieux les plus larges fentes, l'ennemi parvenait à se glisser à l'intérieur par d'invisibles interstices. Rien n'arrêtait cet envahisseur avide de sang; pas même le quadrillage serré de la gaze de la moustiquaire. Bientôt, la hutte était parcourue par des dizaines et des dizaines de flèches ailées et piquantes contre lesquelles les garçons essayaient en vain de se défendre.

Le reste de la nuit se passa en un combat incertain et sans répit contre les minuscules assaillants. Plus Jérôme et Gilles en tuaient et plus nombreux étaient les moustiques qui se glissaient à l'intérieur de la hutte. L'aube arriva enfin et, avec elle, une brise fraîche et salutaire. En quelques minutes, le nuage de moustiques fut balayé vers d'autres horizons. Exténués, haletants, les deux garçons se débarrassèrent peu à peu de leurs derniers adversaires. Il était temps. Leurs mains, leurs paupières, leurs visages étaient tuméfiés à force d'avoir été piqués et ils se trouvaient en proie à des démangeaisons insupportables.

— Ce n'est plus possible ! s'exclama Gilles à bout de nerfs. Il nous faut quitter cette île !... Il le faut ! M'entends-tu ?

— Je ne demande pas mieux, répondit Jérôme en se grattant avec frénésie. Mais comment ?

— Je ne vois qu'un moyen, dit Gilles. Oncle Too et sa pirogue.

Jérôme réfléchit un moment.

— Cela me paraît risqué à plus d'un titre. Si j'ai bien compris, l'oncle Too n'en est pas à sa première tentative. Autant dire qu'il a déjà échoué dans son entreprise. Jenkins et les siens sont suprêmement vigilants !...

— A nous de prendre la direction des opérations, de déjouer les pièges de Jenkins et la surveillance qu'il exerce sur l'île... Bien préparée, notre évasion pourrait réussir...

— Et tu ferais confiance à l'oncle Too et à sa pirogue pour une traversée en plein mer ? Je te ferai observer que nous ne connaissons même pas l'emplacement exact de cette maudite île... L'île la plus proche doit se trouver à des centaines, peut-être même à des milliers de kilomètres d'ici...

L'argument était de poids. Ce fut le tour de Gilles de réfléchir.

— Des indigènes ont déjà débarqué dans cette île, finit-il par dire. C'est Frankie qui nous a renseignés à ce sujet. Ils ont fait la traversée sans doute avec des pirogues pareilles à celle que construit l'oncle Too... Ce qu'ils ont réussi, nous pouvons aussi le réussir ! Mais tu as raison : il nous faudrait une carte. Savoir quelle direction prendre et aussi quelle distance il faut franchir... Et aussi de l'eau douce et des vivres... Pour le reste, je fais confiance à l'oncle Too : les indigènes du Pacifique sont des navigateurs remarquables...

Jérôme s'était gratté le cou jusqu'au sang.

— Ça me démange, mon vieux, je vais en devenir fou !... Oui, tu as raison, peut-être... Je ne vois pas d'autre issue... De toute façon, tu le sais bien : je ne te laisserai jamais tomber!

Les deux frères échangèrent un sourire qui, bien que grotesque sur leurs visages tuméfiés, leur fit chaud au cœur.

En franchissant le seuil de la hutte, Jérôme et Gilles se heurtèrent à l'oncle Too. Le brave chef du village avait lui aussi une paupière gonflée par les piqûres de moustique.

— Moi apporte médecine, dit l'oncle Too avec un large sourire.

— Entrez, oncle Too, entrez ! fit Gilles, ravi de cette visite qui tombait si à-propos.

— Vous mettez médecine ici et ici... partout... fit l'oncle Too, entendant aux deux garçons un bol et en montrant du doigt le cou et le visage de Jérôme.

Jérôme huma le contenu du bol. Il contenait une matière blonde et fluide comme le miel, mais qui sentait le vinaigre. Peut-être s'agissait-il tout simplement d'un mélange des deux produits. Renseignés déjà — depuis la blessure de Gilles — sur l'efficacité des remèdes indigènes, les deux garçons se hâtèrent d'enduire avec le miel vinaigré de l'oncle Too toutes les parties de leurs corps malmenées par les bestioles. Ils ressentirent presque aussitôt un grand soulagement. La fraîcheur de l'onguent calmait les démangeaisons.

— Oncle Too, dit Gilles, c'est vrai que vous avez construit en secret une pirogue?

Oncle Too écarquilla joyeusement les yeux. Manifestement, l'intérêt qu'il portait aux deux jeunes Français procédait de sa gentillesse naturelle, mais aussi de ses projets.

— Oui, oui... s'exclama-t-il, en hochant la tête pour donner plus de poids à son affirmation. Oncle Too construit pirogue... Lui caché pirogue dans la forêt... Personne ne trouve...

— Et comment pourrait-on la descendre jusqu'à la mer?

— Vous voulez aider oncle Too partir? demanda Too prudemment.

— Non seulement nous voulons vous aider, répondit Gilles, mais nous aimerions partir avec vous.

— Partir avec oncle Too?

L'indigène se mit à frapper des mains, tel un enfant.

— Bonne chose partir avec oncle Too !

L'île aux fossiles vivants. 5.

127

fit-il. Vous, bons nageurs ! Trois, mieux que seul !...

L'allusion à leurs qualités de bons nageurs n'était pas très rassurante, mais les deux frères ne la relevèrent pas.

— Vous n'avez toujours pas répondu à ma question, oncle Too : comment allons-nous transporter la pirogue jusqu'à la mer ?

— Nous descendre rivière ! expliqua Too. Jenkins pas approcher. Willie pas approcher. Johnny pas approcher. Eux peur crocodiles...

Jérôme et Gilles se regardèrent. Ils pensaient à Dick, le manchot, auquel un crocodile avait arraché le bras. Oncle Too, lui, ne semblait pas avoir peur des crocodiles. Était-il inconscient ? Ou connaissait-il un moyen infaillible pour se défendre contre ces terribles bêtes ? Pour l'heure, ils avaient des questions plus pressantes à poser :

— La pirogue est-elle grande ? demanda Jérôme. Combien d'hommes peuvent y prendre place ?

Oncle Too compta sur ses doigts. Il montra ensuite sa main gauche plus le pouce et l'index de la main droite.

— Sept hommes ?... Très bien. Et combien de jours devons-nous naviguer pour rejoindre l'île la plus proche ?

Avec un grand sérieux, oncle Too recommença à compter sur ses doigts. Mais cette fois il hésitait entre trois et quatre...

— Bon, fit Jérôme. Mettons quatre jours et quatre nuits... C'est bien ça?

Oncle Too hocha la tête affirmativement.

— Pourrons-nous avoir assez de provisions pour ce voyage?

Oncle Too sourit d'une oreille à l'autre.

— Moi voler poulets, dit-il avec simplicité. Moi voler riz. Moi savoir pêcher...

Gilles se tourna vers son frère :

— Si nous avons assez de provisions et assez de place dans la pirogue, nous pourrions peut-être envisager de prendre Frankie avec nous... Qu'en dites-vous, oncle Too?

— Frankie bon! répondit Too, mais sans enthousiasme.

Jérôme émit l'idée qu'il leur faudrait, avant tout, examiner la pirogue. Oncle Too se déclara d'accord pour les conduire, la nuit même, sur les lieux où il avait construit et où il cachait son embarcation. Mais ce projet ne se réalisa pas.

Le soir, au mess, l'atmosphère était à l'orage. Tous les hommes avaient passé une mauvaise nuit et étaient plus ou moins marqués par les piqûres de moustiques. Ils étaient de méchante humeur, mais aucun n'était plus mal luné que Jenkins lui-même.

— Je me suis laissé dire, grogna-t-il à l'adresse des frères Notton, que le chef du village est tout le temps fourré dans votre hutte... Je ne le veux pas ! Je vous ai bien traités, il ne faut pas abuser de ma bienveillance !

— Too est un faux jeton, renchérit Willie. Il a déjà essayé de nous jouer de mauvais tours !

— Et puis — reprit Jenkins en se tournant vers Frankie — qu'est-ce que c'est que cet intérêt subit de Frankie pour les papiers des noyés ? Ils sont morts et enterrés ! Ils n'avaient pas de papiers sur eux... Alors, Frankie ?... Pourquoi lever ce lièvre ? Qu'as-tu derrière la tête ? Ici tout pourrit vite ! Même les idées qu'on garde à part soi... Allez, accouche !... Sinon tu vas tomber malade !...

Le pauvre Frankie faisait peine à voir. Le visage congestionné, se tortillant sur son banc, tantôt il penchait la tête au-dessus de son bol de riz, tantôt il cherchait du regard secours auprès de ses camarades.

— Un faiseur d'embarras, voilà ce qu'il est, Frankie ! intervint Johnny avec hargne.

— Une tête d'œuf ! renchérit Willie. Il nous méprise. Il ne rêve que chaire universitaire et palmes académiques !...

— Qu'est-ce que c'est que cette histoire de papiers de noyés ? demanda Mike, le balafré, en se tournant vers Jenkins.

— C'est ce que je demande, justement, à Frankie de m'expliquer ! grogna le Commandant.

Frankie était sur le gril.

— Mes amis... mes amis... bégaya-t-il.

Gilles souffrait à cause de la confusion de cet homme. Il se sentait vaguement coupable. N'était-ce pas lui qui avait mis Frankie dans le pétrin en lui suggérant de demander à Jenkins ce qu'étaient devenus les effets des noyés ? Il ne tint plus :

— C'est moi, monsieur, dit-il en s'adressant au Commandant, qui ai demandé à... à Frankie de vous poser la question.

— A Frankie ! railla le Commandant. Tiens, on dirait que vous êtes devenus de bons copains... Entre naturalistes, n'est-ce pas ? Ainsi, c'est vous qui... Je m'en doutais ! Et je crois même savoir pourquoi...

— Eh bien ! oui ! dit Gilles, qui bouillonnait de colère. Vous vous croyez en 1962 ! C'est faux !... Nous sommes en 1966 !... Et je voulais faire éclater cette vérité aux yeux de tous à l'aide des papiers des noyés... Mais les lettres, les agendas, les passeports... Tout a disparu !

Ce fut là un beau tollé. « Petits gredins ! » cria l'un. « Menteurs ! » cria un autre. Tête renversée, Willie était parti d'un grand éclat de rire.

— Ces garçons sont complètement dingues ! s'exclama Boudy, l'homme aux yeux malades...

— Pas si dingues que ça ! cria Johnny. N'oubliez pas que leur père travaille pour Hitler !...

C'était la chose à ne pas dire. Gilles en oublia toute prudence.

— En voilà assez ! hurla-t-il assez fort pour couvrir la voix des autres. Assez de cette comédie !... Vous faites semblant de croire que la guerre n'est pas finie ! Vous faites semblant de croire que nous sommes des agents secrets !... En vérité, vous vous terrez ici en attendant de pouvoir rentrer chez vous !.. Vous attendez le délai qui vous permet de ne pas affronter les rigueurs de la loi !... C'est votre affaire ! Ce n'est pas la nôtre !... Mais comprenez donc que les vingt ans sont passés ! Qu'il est temps de quitter votre vie abominable !... Que rien ne s'oppose désormais à ce que...

Tout en parlant avec sa fougue juvénile, Gilles venait de rencontrer le regard de Frankie. Et ce regard lui coupa la parole aussi brusquement que si deux mains puissantes l'eussent pris à la gorge. La détresse de Frankie lui avait fait prendre conscience de l'énormité de sa bévue. Il se tourna vers son frère. Jérôme aussi le regardait, désolé et plein de reproche. C'était trop tard. Et le silence consterné qui régnait autour de la table le remplit soudain d'angoisse.

Jenkins repoussa le bol de riz qu'il n'avait vidé qu'à demi.

— Il y a un traître parmi nous, dit-il d'une voix morne et sans regarder personne. Et je pense savoir de qui il s'agit...

— Les traîtres, chez nous, ne font pas de vieux os, constata Willie en traînant sur les syllabes.

Tous les regards étaient fixés sur Frankie. Celui-ci, à la surprise des deux garçons, redressa la tête :

— Tuez-moi ! fit-il d'une voix blanche, mais pleine de défi. J'ai enfreint mon serment, en effet ! Vous avez le droit de me tuer !... N'empêche, je suis persuadé que ces garçons disent la vérité...

De nouveau, ce fut le silence. Soudain, Freddy — le glabre Freddy, second de Jenkins — mit les mains à plat sur la table.

— Attendez, dit-il calmement. Frankie mérite une juste punition, c'est entendu. Cependant... moi aussi, j'aimerais savoir ce que sont devenus les papiers des noyés !

Jenkins assena à la table un terrible coup de poing.

— Quoi? Toi aussi, Freddy?... Toi aussi, tu me soupçonnes?... Écoute-moi bien : ce que Frankie, ce traître, et ces jeunes étrangers insinuent, c'est que j'ai délibérément faussé le calendrier... Ils veulent aussi vous faire croire que j'ai caché ou détruit les papiers des noyés parce que ces papiers auraient indiqué que nous sommes en 1966 et non pas en 1962. Mais réfléchis un peu : pourquoi aurais-je faussé le calendrier?

Freddy fixa, pendant un long moment, le Commandant droit dans les yeux.

— Pourquoi? demanda-t-il enfin. Pourquoi?... Si vraiment tu retardes volontairement notre retour au pays, je crois savoir pourquoi!

— Voyons, Freddy, intervint Willie sur un ton menaçant, tu ne vas pas te ranger du côté des traîtres?

— Tu ne vas pas accuser notre Commandant d'être un faussaire? aboya Johnny.

— Taisez-vous! fit Jenkins. Je n'ai pas besoin de défenseurs! Freddy, reprit-il d'une voix blanche. Tu te repentiras de m'avoir soupçonné injustement. Je t'affirme, encore une fois, que les noyés n'avaient pas de papiers sur eux. Mais, de plus, je te donnerai une preuve infaillible de ma bonne foi : depuis plusieurs jours, j'ai confié à ces garçons — l'un d'entre eux est un électronicien — notre appareil de radio, afin qu'ils le remettent en état... Aurais-je agi ainsi, si j'avais faussé le calendrier? Réfléchis !...

Gilles eut un mouvement, mais la main de son frère s'était posée sur son genou et le jeune garçon ravala ses paroles. Il avait voulu révéler que le poste de radio avait été saboté, mais Jérôme avait probablement raison : c'eût été gaspiller leur dernière carte et ce n'était pas le moment. En se laissant aller à la colère, il avait commis déjà assez de dégâts.

Les dernières paroles du commandant eurent le don d'amener sur les lèvres de Willie et de Johnny un sourire triomphant. Jenkins avait eu le dessus, une fois de plus.

— C'est vrai, que vous êtes des électroniciens? demanda Freddy en se tournant vers les deux frères.

— Je m'y connais, Monsieur, dit Jérôme. A la fin de mes études, je serai ingénieur électronicien.

— Et vous pensez pouvoir réparer notre appareil ?

— Je l'espère.

135

— Enfin... Oui... De toute façon... (Freddy semblait embarrassé.) Je pense, en effet, Jenkins, que j'ai eu tort... Je te fais mes excuses...

— Elles sont acceptées, répondit Jenkins sobrement. Il reste le grave manquement à nos serments et à notre discipline dont s'est rendu coupable Frankie... Il devra passer en jugement...

— A quoi bon ? demanda Willie. Il sera condamné. Nous le savons à l'avance... N'est-ce pas ce qui est arrivé aussi à Harry ?... Souvenez-vous ! Alors, à quoi bon tergiverser ?...

— Sur cette île, c'est nous qui faisons la loi... Mais il nous faut des lois... Frankie sera jugé...

— Écoutez, intervint Freddy. Si jamais on s'est trompé... Je veux dire sur le calendrier... Et que ces garçons ont raison contre nous tous, Frankie a droit à des circonstances atténuantes. C'est pourquoi je vous propose qu'il ne passe en jugement qu'une fois le poste de radio réparé...

Jenkins jeta à la ronde un regard aigu. Peut-être avait-il lu quelque hésitation dans l'attitude de ses camarades.

— Eh bien ! je suis d'accord, fit-il. Mais nous ne pouvons pas remettre l'affaire indéfiniment. Si, dans dix jours, le poste de radio n'est pas en état de marcher, Frankie sera jugé et...

Il n'acheva pas. Frankie avait, de nouveau, baissé la tête. Il savait, lui, que le poste *ne pouvait* pas être réparé.

Rendez-vous avec la préhistoire

« Vous serez de retour avant la tombée du jour », avait promis Frankie. Il s'était rendu vers midi à la hutte-atelier des frères Notton, sans prendre les précautions d'usage. Il était calme et paraissait résigné. Ce furent les hésitations de Gilles et de Jérôme qui ranimèrent chez lui une certaine flamme. Il sut se montrer pressant et trouver des accents émouvants. On eût dit que rien ne lui importait plus que de conduire les garçons à la grotte mystérieuse et transmettre ainsi, en quelque sorte, le flambeau de ses découvertes.

Les frères Notton suivaient maintenant Frankie dans le sentier imbibé d'eau. Les pluies ininterrompues avaient transformé l'île en un vaste bourbier. Sur leur droite, la rivière — qu'on devinait plutôt qu'on ne l'apercevait — avait débordé de son lit. Là où, quelques jours auparavant, le sous-bois déployait ses fougères géantes s'étendait un vaste marais,

139

d'où jaillissaient les troncs des bananiers et des eucalyptus.

— Regarde, Gilles ! fit Jérôme, en s'arrêtant.

A leur approche, d'innombrables morceaux de boue se fractionnaient et glissaient, silencieusement, vers les eaux plus profondes : des crocodiles...

En reprenant sa marche, Gilles se demanda si les frissons qui le secouaient étaient dus à la peur et au dégoût que lui inspiraient les bêtes immondes, à l'humidité, ou à un début de paludisme. Pour la première fois depuis son arrivée dans l'île, il se sentait physiquement vulnérable. Peut-être son état moral n'était-il pas étranger à cette sensation. Il avait mauvaise conscience. Les événements tournaient mal, surtout pour Frankie. Et c'était son étourderie et son manque de maîtrise de soi qui avaient accumulé les menaces au-dessus de la tête de leur ami.

Frankie marchait devant eux, le dos courbé, comme accablé par le destin. Il semblait les entraîner vers le centre de l'île. La pluie s'arrêta brusquement et le plafond bas des nuages parut tourner du noir au gris. Ce n'était là qu'une brève rémission. Frankie proposa une halte à l'abri d'un pin-parasol. Le nom de l'arbre jurait avec le ciel encombré de nuages, mais l'épaisse couche d'aiguilles paraissait moins trempée que le reste du sol.

— Nous avons encore une heure de marche, dit Frankie. J'espère que l'amadou de mon briquet est resté sec.

En s'asseyant, il avait posé à ses côtés, à même le sol, le sac à dos, la lampe-tempête et les cordages qu'il emportait en vue de leur expédition.

Mais Gilles en était encore à ruminer son angoisse.

— Qui est Harry? demanda-t-il.

— Harry? fit Frankie d'un air distrait. Harry? Que savez-vous de Harry? Ah ! oui... Je me souviens... C'est Willie qui en a parlé... Un petit gars nerveux, fermier de Nelson... Il pensait moins à sa femme qu'à ses vaches. Malgré ses serments, il en a eu très vite assez de notre vie ici. Il voulait s'en aller... Jenkins, bien sûr, était contre. Il y a eu des scènes effroyables... Mais comme Jenkins faisait la loi, Harry a dû s'incliner... Jusqu'au jour où on l'a pincé : il profitait de son tour de veille, sur les falaises, pour allumer des feux, la nuit, dans l'intention d'attirer jusqu'à nous quelque navire...

— Et alors?

— Eh bien ! on l'a jugé et on l'a condamné.

— A être fusillé? demanda Gilles, le cœur battant.

— Non! Mais c'eût été peut-être plus charitable. On l'a chassé du village. Un homme seul dans la jungle... Il n'a pas duré longtemps. le pauvre Harry...

— Il est mort?

— Pas tout de suite, non. Il rôdait autour des huttes, mendiait une bouchée de riz auprès des indigènes... En assumant de gros risques — car si j'avais été pris sur le fait, j'aurais eu à partager son sort — je lui ai donné moi-même de temps en temps des provisions... D'autres que moi ont fait de même peut-être... Un beau jour, nous l'avons trouvé, dans la brousse... Il avait été piqué par un scorpion. Son visage était tuméfié et violet. Il avait dû souffrir atrocement avant de rendre l'âme.

Il y eut un bref silence. La pluie avait recommencé.

— Et vous? demanda Jérôme. C'est la punition qui vous attend si...

Frankie fit oui de la tête.

— C'est terrible, reprit Jérôme d'une voix basse. Vous savez, j'ai tout essayé... J'ai démonté l'appareil pièce par pièce... Je n'ai aucune chance de le remettre en état de marche... Autant dire que vous êtes condamné d'avance.

— Je le sais, murmura Frankie. Jenkins aussi le sait. C'est pour ça que... Peu importe. Je ne vous demande qu'une chose...

Frankie farfouilla dans le sac à dos et en retira un petit carnet de notes à la couverture noire. Il le montra aux deux frères et le refourra aussitôt, précautionneusement, dans la poche imperméable.

— J'ai inscrit là l'essentiel de mes observations, poursuivit-il. Lorsque vous serez de retour dans votre pays, vous soumettrez mes notes à l'Académie des Sciences. De plus, vous les confirmerez par votre témoignage personnel. Il faudra qu'une expédition scientifique prenne la peine de venir jusqu'ici...

— Qu'allons-nous voir? demanda Gilles, dont la curiosité, malgré la gravité des circonstances, était de nouveau en éveil.

— Des sauriens ! répondit Frankie.

Gilles et Jérôme se regardèrent furtivement. Ils n'eurent pas le courage d'aller jusqu'au bout de leurs pensées : Frankie était-il tout à fait sain d'esprit?

— Des sauriens? demanda Gilles. Voulez-vous dire que nous allons voir de ces animaux qui peuplaient la terre à l'ère tertiaire?

143

— L'ère tertiaire fut surtout celle des grands lézards terrestres.

Frankie regardait droit devant lui, comme s'il se fût attendu de voir paraître, parmi les arbres, l'une de ces bêtes fabuleuses.

— C'est au Trias qu'apparaissent les *Dinosauriens* ou « reptiles terribles ». Certains, comme les *Théropodes*, étaient des carnivores à station bipède. C'étaient, ma foi, d'agiles coureurs au squelette grêle, aux mâchoires armées de dents tranchantes; bref, des carnassiers qu'il ne faisait pas bon rencontrer. L *Allosaurus* pouvait atteindre 10 mètres. Le *Tyrannosaurus* — qui méritait, je pense, bien son nom — atteignait 15 m et ses dents... de vrais poignards!... Ces prédateurs chassaient les pacifiques *Sauropodes*. Pour la taille, aucun animal vivant sur la terre n'a jamais dépassé ces derniers : le *Brontosaure* mesurait dans les 18 m et le *Diplodocus* près de 27 m. Les Sauropodes avaient une tête toute petite, à denture réduite, un cou démesurément allongé et un corps volumineux porté par quatre membres massifs, dressés verticalement comme ceux des éléphants... Ils étaient herbivores et vivaient dans les marécages où ils pouvaient trouver, dans la végétation aquatique, l'abondante nourriture dont ils avaient besoin... De plus, la vie mi-aquatique facilitait leurs déplacements, car — avec leur poids considérable — ils avaient du mal à se mouvoir sur la terre ferme...

Gilles écoutait, charmé et incrédule, tel un adolescent auquel un adulte un peu farfelu se fût avisé de raconter un conte de fées. Le cri d'agonie d'une bête — un cri étrangement humain, peut-être celui d'un singe — le ramena à la réalité.

— Et vous prétendez nous montrer des *Dinosauriens*? demanda-t-il non sans brusquerie.

Frankie hocha la tête en signe de dénégation. Il était occupé à fixer d'un regard vigilant un fourré de fougères géantes.

— Non ! finit-il par dire. Je vous montrerai un survivant d'un âge plus ancien encore : une bête aquatique de l'ère secondaire...

— Cela me paraît assez extraordinaire intervint cette fois Jérôme. Etes-vous sûr de votre fait ?

Frankie eut un sourire indulgent. Soudain, ramassant une pierre, il l'envoya droit dans le fourré de fougères. Il avait bien visé, car un serpent en jaillit dans une fuite ondoyante.

— Un cobra... Son venin agit sur les centres nerveux... Il est foudroyant !

Les deux frères frissonnèrent. Comme tous

les habitants de l'île, ils étaient pieds nus. Mais ils n'avaient pas ce sixième sens de la jungle pour les préserver des dangers...

— Que disions-nous ? reprit Frankie, impassible. Oui... Ça fait longtemps que des riverains non avertis, mais aussi des hommes d'une culture certaine — et dont le témoignage a plus de poids — ont vu paraître ici et là des « monstres » aquatiques ne rappelant aucun des êtres vivants inventoriés et étudiés par les savants... Ainsi pour le monstre appelé *Ogopogo* vivant dans le lac Okanagan, dans la Colombie britannique ; ainsi d'animaux tout aussi extraordinaires, aperçus à des intervalles réguliers, depuis le début de l'autre siècle, dans d'autres lacs canadiens... Alors que nous disposions encore d'appareils de radio, j'ai capté une émission scientifique en provenance de Moscou : dans les lacs Labynkyr et Vorota, dans les montagnes sibériennes, non loin de Verkhoiansk, et aussi dans le lac Kjaiyr, à quelques 500 miles de là, des savants soviétiques ont découvert et décrit des animaux aquatiques énormes évoquant les reptiles préhistoriques. Des témoignages dignes d'intérêt ont signalé des animaux semblables dans le lac suédois Storsjön, dans le Grand Nord, mais aussi en Écosse et ailleurs. Même le monstre du Loch Ness, dont on faisait des gorges chaudes avant la guerre...

Gilles fronçait les sourcils. Ça lui rappelait quelque chose.

— Oh! j'ai lu quelque part... dit-il, en essayant de localiser son souvenir. Oui, tout récemment... J'ai lu, oui... Quelqu'un a photographié... Non, voilà, ça me revient : on a filmé le monstre du Loch Ness et le film a été présenté à la Télévision britannique...

— Vous voyez? fit Frankie tout réjoui. Je n'ai donc pas besoin d'insister. D'ailleurs, à quoi bon? Il est temps de se remettre en route. Avec un peu de chance, vous serez, à part moi, les premiers à...

— Mais vos camarades?... l'interrompit Jérôme. Et les indigènes? Ils ont dû voir avant nous les bêtes que vous voulez nous montrer.

Il y avait encore de la méfiance dans la voix de Jérôme. Gilles, qui le connaissait bien, sentait que son frère n'avait pas désarmé. Il n'accordait qu'un médiocre crédit aux allégations de Frankie.

— Oh! les indigènes!... fit le naturaliste avec un geste vague. Ils savent que les bêtes existent. Ils le savent de père en fils. Mais une terreur sacrée les empêche d'aller y regarder de près... Quant à mes camarades, vous en avez été témoins... Un jour, je les ai conduits à la grotte... Mais ce jour-là, par malheur, aucun reptile géant ne se montra... Depuis, ils n'ont jamais voulu y retourner... Ils ne me croient pas... Ils ne me croient plus... Ils me traitent en demi-fou...

Un grand chagrin perçait dans les dernières paroles de Frankie. Il s'était levé. Les deux frères l'imitèrent. Gilles se proposa pour porter les cordages. Frankie accepta. En effet, le sentier montait maintenant d'une façon abrupte, à flanc de montagne, et rien que le poids du sac à dos était pour lui une rude épreuve.

Gilles eut un moment de pusillanimité :

— Mais ces bêtes sont peut-être dangereuses ? dit-il, en emboîtant le pas à Frankie. Nous ne possédons pas la moindre arme...

Frankie eut un petit rire triste.

— Des armes ? A quoi bon ? Ces monstres sont cuirassés... Pour en venir à bout, il nous faudrait une arme antichar...

Il n'avait pas répondu tout à fait à l'angoisse de Gilles, mais le garçon s'abstint d'insister. Ils suivaient toujours le cours de la rivière, montant de plus en plus haut. Depuis un long moment déjà, le sol avait cessé d'être marécageux, la jungle se transformait en brousse et les arbres géants et la végétation luxuriante cédaient la place aux arbustes de plus en plus clairsemés. Ils arrivèrent enfin à une terrasse très vaste, taillée dans le volcan. A leurs pieds s'étendait la jungle qu'ils avaient quittée et, au-delà, l'on devinait la mer, étendue plus grise que la pluie et le ciel.

— Nous sommes arrivés, dit Frankie.

Surpris, les frères Notton suivirent du regard l'index du naturaliste. Un peu au-dessus d'eux, la grotte s'ouvrait dans la paroi de la montagne : portail immense, taillé dans le calcaire, la silice et le basalte, donnant sur une cavité, dont on devinait à peine les contours. La pente escarpée franchie, Jérôme et Gilles s'arrêtèrent au seuil de la grotte pour jeter un dernier regard vers la mer. Un désert d'eau, rien d'autre... Et pourtant, ce n'était que de lui et par lui que pouvait venir le salut! Au lieu de quoi, ils allaient s'enfoncer sous terre...

— Il doit faire froid, là-dedans, et nous n'avons pas un seul chandail ! constata Jérôme, dont l'esprit pratique était toujours en éveil.

— Rassurez-vous, fit Frankie. Vous aurez chaud, très chaud !...

Sans hésiter, comme quelqu'un qui connaît bien le chemin, il s'avança dans la nef profonde creusée dans la montagne. Les deux frères l'y suivirent, le cœur serré. Il était 3 h de l'après-midi, mais la lumière qui s'infiltrait par l'ouverture de la grotte était chiche. Elle devint vite crépusculaire, puis ne fut plus qu'un vague halo. Lorsque Frankie se décida à allumer sa lampe-tempête, les parois de la grotte s'étaient considérablement rapprochées, bien que le plafond fût tout aussi haut. La progression devint difficile, car il fallait contourner ou escalader de nombreux blocs de pierre, rendus glissants par l'humidité. Frankie avait raison : cette humidité était celle d'une serre. C'était comme si le ventre de la terre eût exhalé une chaleur moite et, au fur et à mesure qu'ils progressaient, de plus en plus torride. Le chemin devint un couloir étroit, puis — lorsque le plafond aussi se mit à descendre — un véritable boyau, obligeant les trois hommes à cheminer buste penché et à la file indienne.

Combien de temps avancèrent-ils ainsi? Gilles avait l'impression d'avoir parcouru des kilomètres. Frankie ouvrait toujours la marche, non sans s'arrêter ici et là pour lever la lampe et aider ainsi les jeunes gens à franchir un passage difficile. Soudain, le boyau déboucha dans une nouvelle salle, plus grande que la plus grande des cathédrales, et toute brillante de stalactites et de stalagmites. La salle résonnait du bruit lointain d'eaux tumultueuses.

— C'est la rivière, notre rivière... expliqua

Frankie, et ses paroles, répercutées par les hautes voûtes résonnèrent longuement. Mais elle coule en bas... Elle prend naissance dans un grand lac souterrain... Nous nous y rendrons... C'est la partie la plus délicate de notre expédition... Mais d'abord...

Sans achever, Frankie alla fouiller dans une espèce de niche naturelle. Il en extirpa l'une de ces petites caisses métalliques qui font partie des bagages des soldats américains en campagne. Ayant appuyé sur un pène, il l'ouvrit et — au grand étonnement des deux frères — en retira plusieurs torches de bois sec enduit de résine.

— Voilà, dit-il. Nos ancêtres, les troglodytes, ne disposaient pas de mieux. Et cependant...

Était-ce l'étrangeté des lieux? L'attente angoissante qui leur serrait la gorge? Jérôme et Gilles comprenaient et ne comprenaient pas les paroles de Frankie. Il leur semblait que leur compagnon était devenu lui-même tout aussi mystérieux que cette grotte qui recélait les secrets terribles d'un passé immensément lointain.

Frankie alluma les torches, l'une après l'autre, et la vive lumière de la résine grésillante éblouit les deux frères pendant quelques instants. Soudain, Gilles poussa un petit cri d'étonnement.

— Regardez ! s'écria-t-il. Des chauves-souris !... Je n'en ai jamais vu d'une taille pareille...

Sous la voûte, en effet, d'étranges animaux, aussi grands, sinon plus, que des aigles, déployaient leurs ailes de chauves-souris dans un vol zigzaguant et halluciné.

— Non ! dit Frankie, ce ne sont pas des chauves-souris. Il avait l'air ému et ses yeux brillaient, enfiévrés. Ce sont des reptiles volants... Des descendants directs des *Ptérosauriens*... Ils ont de vastes membranes alaires, comme les chauves-souris, mais regardez bien : elles sont soutenues uniquement par le cinquième doigt, considérablement allongé... Leur squelette présente des cavités pneumatiques tout comme les os des oiseaux... Ils ont aussi des becs cornés... Mais là, derrière leur crâne... Voyez-vous cette excroissance ?...

Gilles et Jérôme fixaient, en retenant leur souffle, l'évolution feutrée, presque silencieuse, de la demi-douzaine de lézards volants. L'un des extraordinaires animaux, attiré peut-être par la lumière, vint planer un instant au-dessus de la torche de Gilles.

— Oh! s'exclama le garçon, vous avez raison : on dirait qu'ils ont une crête derrière la tête !

— Non, dit Frankie. Pas une crête ! Une

152

longue apophyse osseuse, le *ptéranodon*... A lui seul, il authentifie ces bêtes comme étant de proches parentes du *Ptérodactylus*...

Malgré les résonances parasites dues à l'écho, les deux frères ne se trompèrent pas sur l'accent de triomphe qui faisait vibrer la voix de Frankie.

— J'aurais pu en tuer un spécimen, reprit le naturaliste, pour l'examiner de plus près... A quoi bon? Je ne savais pas si... et quand...

Il n'acheva pas, mais ajouta plus bas .

— J'ai eu raison... Lorsqu'une expédition scientifique viendra sur ces lieux... Il eut un mouvement des épaules comme pour secouer sa rêverie : allons! Il nous faut descendre maintenant au bord du lac.

Descendre? Les frères Notton ne tardèrent pas à comprendre le sens de ce mot. La vaste salle dans laquelle ils se trouvaient n'était fermée que de deux côtés. Guidés par Frankie, ils se trouvèrent, soudain, au bord d'un précipice, d'autant plus impressionnant que leurs torches étaient incapables d'en explorer le fond de ténèbres. Une chaleur humide, suffocante, montait du gouffre et rendait la respiration malaisée.

— Il y a des sources chaudes, d'origine volcanique, qui alimentent le lac, expliqua Frankie. L'eau chaude a dissous aussi des blocs de sel. En somme, le lac présente exactement les conditions des mers préhistoriques. C'est là l'une des raisons principales de la survivance des monstres dans cette grotte.

Tout en parlant, Frankie s'était employé à attacher solidement la corde à un piton de fer qu'il avait lui-même enfoncé dans la roche, lors de l'une de ses précédentes expéditions.

— Suivez-moi ! s'exclama-t-il. D'abord vous Jérôme, ensuite Gilles ! Mais attention à vos torches ! Si vous brûlez la corde, c'est la catastrophe !

Frankie se mit en devoir de descendre la paroi abrupte selon la technique des varappeurs. Les deux frères le suivirent. Ils avaient déjà participé, dans les Alpes, à des parties de montagne dont les difficultés étaient parfois du 3e degré. Mais descendre, à l'aide d'une seule corde, et d'une seule main, dans le gouffre noir, était un exploit qui demandait non seulement du sang-froid, mais aussi cette victoire sur soi-même que connaissent les parachutistes lors de leur premier saut dans le vide. Courageusement, les deux frères descendaient, l'un derrière l'autre, s'agrippant d'une main à la corde et tenant de l'autre la torche aussi éloignée que possible du chanvre qui aurait pu s'enflammer à son contact.

A vrai dire, le gouffre était moins profond qu'ils ne l'avaient redouté. Cela n'enlevait rien à leur mérite ni au sentiment de soulagement qu'ils éprouvèrent lorsqu'ils sentirent de nouveau le sol ferme sous leurs pieds, à quelque cent mètres au-dessous de la salle aux reptiles volants.

Les trois hommes se trouvaient maintenant sur une grève étroite. Devant eux s'étendait, aussi loin que leurs torches pouvaient explorer l'obscurité, un lac souterrain noir et uni comme le tain d'un miroir, mais fumant comme un chaudron de sorcière. A leur droite le lac donnait naissance à la rivière qui courait en torrent vers l'on ne savait quels boyaux et siphons.

— Ne restons pas ici, murmura Frankie. C'est dangereux !

Il se mit à courir, toujours suivi de Gilles et Jérôme, vers un amas de rochers, à droite, qu'il se mit à escalader. Les trois hommes arrivèrent ainsi à une petite plate-forme qui surplombait le lac d'une vingtaine de mètres.

— Ici, nous sommes en sécurité ! dit Frankie à voix basse, tout en essuyant du coude la sueur qui coulait sur son visage. J'espère qu'il se montrera...

Il... « A quoi ressemblait cet Il ? » se demandait Gilles, le cœur battant. Il prenait à peine

155

conscience de l'aspect véritablement fantastique de leur aventure. A plus de cent mètres sous terre, ils avaient rendez-vous avec l'unique survivant, peut-être, d'une espèce monstrueuse qui avait peuplé la terre quelques centaines de millions d'années plus tôt.

Pour l'instant, cependant, rien ne bougeait dans le lac, aussi figé que du marbre noir. L'attente se prolongeait. L'insupportable chaleur de « bain turc » dans laquelle ils étaient plongés donnait à Gilles des palpitations. Ou était-ce simplement l'angoisse? Sur les rochers et la paroi, les flammes de leurs torches jetaient de grandes ombres tremblantes. La bête préhistorique allait-elle se montrer enfin? De longues minutes passèrent encore... Soudain, la surface du lac fut comme parcourue d'un frisson...

— Le voici... murmura Frankie.

Les ondes légères sur le lac se creusèrent, des vaguelettes vinrent mourir sur la grève. Puis, dans la zone faiblement éclairée par la lumière des torches, apparut une forme oblongue et noire, plus noire que le lac lui-même, qui nageait à fleur d'eau d'un long mouvement ondulatoire.

Retenant leur souffle Gilles et Jérôme regardaient de toutes leurs forces. La bête aquatique paraissait énorme. Elle mesurait au moins dix mètres. A première vue, elle ressemblait à un gros serpent. Mais, lorsque, arrivée près de la rive, elle se dressa brusquement hors de l'eau, les deux frères reculèrent, épouvantés, bien qu'ils se sussent hors d'atteinte. Le reptile paraissait sortir d'un cauchemar. Plus qu'un serpent, il évoquait les dragons des contes. Du dragon il possédait le long cou souple, surmonté d'une grosse tête de lézard aux mâchoires armées de longues dents coniques. Du dragon tenait aussi l'arrière-train informe, pourvu de quatre nageoires en forme de pagaie et surmonté d'impressionnantes épines dorsales...

— Regardez-le bien, chuchota Frankie. Il faut que vous puissiez témoigner de ce que vous avez vu. L'être que voici descend des *Plésiosaures* du *Crétacé*... Son cou est peut-être moins long que celui de ses ancêtres, qui comptait jusqu'à 75 vertèbres... Comme chez certaines espèces du *Secondaire*, ses ceintures scapulaire et pelvienne se sont développées en larges plaques osseuses soudées médialement et réunies par les côtes : l'ensemble forme une sorte de boîte osseuse qui protège les viscères. Aujourd'hui, cela peut paraître inutile; mais, dans les temps immémoriaux, ces bêtes carnivores et féroces se faisaient une guerre impitoyable...

157

Les frères Notton en étaient persuadés. Le *Plésiosaure* lançait maintenant son long cou à gauche et à droite, et ses mâchoires, prêtes à mordre, se refermaient, à chaque fois, avec un claquement sec.

— Pensez-vous que ce soit là l'unique exemplaire de la grotte? demanda Jérôme, qui venait de surmonter sa première frayeur.

Frankie s'apprêtait à répondre, mais Gilles le devança.

— Voyons, Jérôme, quelle question! Ils doivent bien être une petite colonie, sinon comment se reproduiraient-ils?

— En effet, dit Jérôme, ma question est idiote. Mais de quoi vivent-ils?

— Le lac doit être riche en poissons de profondeur, répondit Frankie. Les *Plésiosaures* sont des bêtes très paresseuses. Ils nagent à peine. C'est grâce à la mobilité de leur cou qu'ils happent leurs proies.

Pendant ce temps, le « dragon » avait fait quelques tentatives maladroites pour grimper sur les rochers. N'y étant pas parvenu, il frappa l'eau de sa queue, avec colère, puis — comme s'il se fût soudain ravisé — il fit demi-tour et se laissa glisser, nageant nonchalamment, vers les ténèbres lointaines du lac.

— Il ne reviendra plus? demanda Gilles.

— Non, il ne reviendra plus aujourd'hui,

confirma Frankie. Ni lui ni aucun de ses congénères. La lumière de nos torches les excite et leur fait peur en même temps. Mais leur vue — comme celle de tous les êtres vivant dans des grottes — doit être très mauvaise. Il ne nous a probablement même pas aperçus. Allez mes amis, il nous faut remonter...

Escalader la paroi, ne fut guère aisé. Ils durent s'accrocher des deux mains à la corde et appuyer leurs pieds aux aspérités de la roche. L'exercice était rendu plus difficile par la nécessité dans laquelle ils se trouvaient de s'éclairer en gardant la torche allumée entre leurs dents. Ils réussirent néanmoins à se hisser sans encombre jusqu'à la grande salle voûtée, abri des reptiles volants. A partir de là, gagner la sortie de la grotte ne posait plus de problèmes trop compliqués. Les deux frères, au comble de l'excitation, ne cessaient de poser des questions au savant. Bien que donnant des signes de fatigue, Frankie s'efforçait de satisfaire leur curiosité. Gilles et Jérôme apprirent ainsi que l'ère secondaire avait connu d'autres animaux aquatiques, les *Ichtyosauriens* que Cuvier avait décrits comme des êtres au museau de dauphin, aux dents de crocodile, à la tête de lézard, aux pattes de cétacé et aux vertèbres de poisson... Ces animaux vivaient en haute mer et chassaient leurs proies en bande... Certains fossiles avaient permis d'établir que les *Ichtyosauriens* étaient des ovovivipares... Les œufs, pareils à ceux du crocodile, se développaient non pas dans le sable, grâce à la chaleur du soleil, mais dans l'abdomen des femelles, qui abritait l'embryon...

En devisant ainsi, les trois hommes avaient franchi le boyau qui les séparait de la première salle de la grotte. Au loin, devant eux, se découpait l'entrée, pareille à un carré de lumière. Frankie était à bout de forces. Une fois de plus, Gilles et Jérôme constataient à quel point la condition physique des habitants de l'île était minée par les privations et la mauvaise nourriture. Était-ce seulement cela ? Lorsque les trois hommes s'assirent par terre, le dos appuyé contre un rocher, en un lieu plus sec que le reste de la grotte, Gilles eut l'impression que Frankie avait besoin non seulement de repos, mais aussi de réconfort. Maintenant qu'il avait associé ses jeunes compagnons à ses extraordinaires découvertes, le naturaliste se sentait à la fois rassuré et frustré. Bien sûr, les jeunes gens avaient, plus que lui, des chances de faire connaître dans le monde des savants ce qui risquait de demeurer pour longtemps, sinon à jamais, ignoré. Mais n'était-ce pas injuste qu'une mort prochaine lui enlevât la joie et la récompense d'une renommée dûment acquise? Oui, Frankie était abattu. Gilles lisait à livre ouvert dans le cœur de celui qu'il avait commencé à considérer comme un ami. Maintenant qu'ils étaient sur le chemin du retour, la menace suspendue au-dessus de la tête du naturaliste lui paraissait, à lui aussi, de nouveau présente, dans toute sa hideuse réalité. Ah! pourquoi avait-il cédé à une impulsion au lieu d'écouter sa seule raison? Le jeune garçon se sentait coupable. Il se disait qu'il devait coûte que coûte, contre toute évidence et contre tout espoir, sauver Frankie d'une mort certaine.

Le naturaliste avait reposé sa tête sur ses genoux. S'éclairant avec la lampe-tempête, Jérôme grattait, à l'aide d'un couteau, des espèces de cristaux qui couraient, telles des nervures grisâtres, dans la silice de la paroi. Il en recueillait des grains et les fourrait dans sa poche. Vraiment, parfois, Gilles cessait de comprendre son frère! Jérôme ne sentait-il pas à quel point Frankie était malheureux? Comment pouvait-il s'adonner à ces occupations de boy-scout à un moment où il devenait urgent de sauver la vie d'un homme? Le silence se prolongeait, interrompu seulement par le bruit de raclement que faisait sur la roche le couteau de Jérôme. Gilles n'y tint plus :

— Cesse, Jérôme, de gratter cette pierre ! Et vous, Frankie, faites un effort sur vous-même !... A quoi bon ruminer des pensées noires ? Mieux vaut agir, trouver une solution... Nous devrions nous évader tous les trois !

Frankie leva lentement la tête. Son regard paraissait brouillé.

— Nous évader ?... Nous évader ?... Où et comment ?...

— Oncle Too a construit en grand secret une pirogue...

Frankie eut un geste désabusé de la main.

— En grand secret ? Croyez-vous les indigènes, ces grands enfants, capables de garder un secret ? Tout le monde dans le camp sait que l'oncle Too a construit une pirogue...

— Secret ou pas, nous devrions tenter notre chance... Partir pour une autre île...

Frankie hocha lentement la tête de gauche à droite.

— C'est. impossible !... Nous serions vite repérés ! Jenkins nous laissera descendre jusqu'au delta de la rivière... Là, dans les marécages, il nous arrosera de son mortier... Et nous tomberons à l'eau et serons dévorés par les crocodiles... Non, mes amis, aucune évasion n'est possible... Tant que Jenkins détient le pouvoir... tant qu'il fait la loi... Mais vous avez raison : pourquoi broyer du noir? Grâce à vous, grâce à l'espoir que j'ai mis en vous, ma vie n'aura pas été tout à fait inutile... Au fond, j'ai accompli ma tâche, je peux m'en aller...

Frankie se leva, donnant ainsi le signe du départ. Gilles était ému. Le noble visage ascétique de Frankie resplendissait soudain d'une grande sérénité et comme d'une lumière intérieure.

Ils marchèrent en direction de la clarté carrée qui marquait la sortie de la grotte. Dix minutes plus tard, ils étaient de nouveau happés par la pluie tiède, obstinée, désespérante... En amorçant la descente vers la jungle et vers le camp, Jérôme s'arrangea pour s'approcher de Gilles sans être vu de Frankie. Ses yeux brillaient au point que Gilles en fut inquiet.

— Que se passe-t-il, Jérôme? Tu n'as pas la fièvre, au moins?

— Non, dit Jérôme. Mais moi aussi, Gilles, j'ai fait une grande découverte...

Il s'éloigna vivement, laissant Gilles pantois et rêveur.

A ses pieds, une forêt de bambous avait poussé de deux mètres, depuis qu'ils l'avaient traversée la première fois.

Le sulfure de plomb

Gilles eut un léger étourdissement. Il suivait, depuis des heures, les faits et gestes de son frère. Jérôme maniait le tournevis et non le scalpel. Mais ses mouvements étaient aussi précis que ceux d'un chirurgien : la réussite de l'opération déciderait de la vie d'un homme et, peut-être, du salut de tous...

Avait-il faim, avait-il soif? Sans doute, mais Gilles avait oublié ces contingences. Toute sa volonté était tendue vers la vieille boîte de cigares dans laquelle Jérôme tantôt creusait des trous à l'aide d'une chignole, tantôt vissait des assemblages compliqués de fil et de métal. Jérôme travaillait vite et son visage reflétait la concentration. Une ride verticale s'était creusée entre ses sourcils et la sueur perlait à ses tempes. Il faisait une chaleur étouffante. La faim, la soif, la chaleur et, par-dessus tout, l'angoisse...

Jérôme posa soudain ses instruments.

— Je n'en peux plus, dit-il. D'ailleurs...
il faut que je réfléchisse...

Il s'assit sur la terre battue de la hutte-
atelier et s'essuya le front avec son avant-
bras. La pluie s'était arrêtée et les feuilles des
arbres s'égouttaient avec de petites notes
cristallines qui évoquaient une boîte à musique.

Gilles s'assit par terre aux côtés de son
frère. Il se sentait vraiment épuisé. Ce sentiment de fatigue ne le quittait d'ailleurs plus.
Il avait conscience que ses forces s'étiolaient
sous l'effet de l'horrible climat. Il regarda
son frère et reprit courage. « Étrange, songea-
t-il, je respecte son silence comme naguère
celui de mon père. » Lorsque l'ingénieur
Notton réfléchissait à quelque ardu problème
de physique, il n'aimait pas être dérangé.
Son père... Il y avait longtemps que Gilles
n'avait pas songé à son père. Aux prises avec
les événements, les deux jeunes gens n'avaient
guère loisir à s'attendrir. Et pourtant, en ce
moment même, leur pauvre père devait être le
plus malheureux des hommes. Depuis qu'il
avait perdu son épouse dans un accident de
voiture, l'ingénieur Notton s'était replié sur
lui-même. Il ne vivait plus que pour sa science
et pour ses enfants. Pour ses enfants, surtout.
Gilles ne pouvait pas concevoir que son père
se fût résigné à la disparition de ses fils.

Contre vents et marées, avec la force du désespoir, il devait continuer à les rechercher...
Quelles chances avait-il pourtant de les retrouver vivants? Ces derniers jours, Gilles ne
donnait pas cher de ces chances. Il lui semblait parfois qu'ils étaient prisonniers d'un
maléfice qui tirait l'île où ils avaient échoué
vers le passé et faisait de tout être qui l'habi-
tait un fossile... Oui, il lui avait semblé qu'ils
étaient des enterrés vivants, que le temps
s'arrêtait pour eux et que leur volonté même
d'échapper à leur sort allait bientôt se figer...

Or, voici que, grâce à la perspicacité de
Jérôme, leur retour à la civilisation cessait
d'être une totale chimère. Comme il avait
mal jugé son frère! Non, lorsque Jérôme semblait s'amuser à gratter la paroi de la grotte,
il savait bien ce qu'il faisait. Et sa découverte,
d'une certaine façon, valait bien celle de
Frankie.

Jérôme ne s'était ouvert à Gilles de son secret
que dans leur case, lorsqu'ils eurent allumé
la petite mèche baignant dans un bol d'huile,
qui leur tenait lieu de lampe de chevet. Il
avait vidé ses poches et avait posé sur l'esca-
beau, autour du luminaire, une poignée de
petits cristaux, plus ou moins réguliers, d'un
gris bleuâtre.

— Sais-tu ce que c'est? avait-il demandé à

son frère, avec ce même regard de triomphe qu'il avait eu sur le chemin du retour.

— Non, avait répondu Gilles. Un minerai, je suppose...

— Un minerai, en effet. Du sulfure naturel de plomb. On le trouve parfois mêlé à la silice sous la forme de filons disposés en rameaux.

— Et après ? avait demandé Gilles, de plus en plus intrigué.

— Sais-tu quel est l'autre nom du sulfure de plomb ? Tu ne le sais pas ? Eh bien ! mon vieux Gilles, le sulfure de plomb s'appelle aussi... la galène !

Il fallut à Gilles quelques secondes de réflexion avant qu'il ne comprenne la véritable signification de ce mot et, par conséquent, l'importance de la découverte de Jérôme.

— Non, ce n'est pas possible, Jérôme ! s'était-il exclamé. La galène ? Tu as bien dit « la galène » ? Tu peux donc construire avec ces cristaux un poste à galène ? Tu peux capter des émissions ?...

Gilles se fût volontiers écrié : « Alors nous sommes sauvés ! » mais toute l'attitude de Jérôme montrait que la prudence était toujours de rigueur.

— Doucement, Gilles ! Nous n'y sommes pas encore !...

Jérôme avait un tas de réserves à formuler, mais, devant l'enthousiasme de Gilles, il dut convenir que l'expérience pouvait réussir, et — qui plus est — dans les délais imposés par Jenkins.

— C'est Frankie, qui sera heureux! s'était écrié Gilles.

Il fut convenu que Frankie serait mis dans le secret et les deux frères avaient discuté jusque tard dans la nuit des précautions à prendre et des problèmes techniques à résoudre.

Maintenant que Jérôme s'était mis à l'œuvre, le premier élan joyeux de Gilles avait fait place à l'anxiété. Jérôme lui avait appris, entre-temps, que le germanium et le silicium étaient de meilleurs « redresseurs de courant », donc de meilleurs détecteurs que la galène. De plus, il y avait galène et galène... Les cristaux qu'ils avaient découverts étaient-ils assez purs, assez sélectifs?... Jérôme refusait de se prononcer à l'avance sur leur capacité d'assurer une réception claire et stable. En ce moment même, il semblait en proie à d'autres soucis.

Gilles se décida enfin à rompre le silence.

— Tu as tout ce qu'il te faut? demanda-t-il d'une petite voix. Il ne te manque rien?

— J'ai trouvé dans l'appareil de Jenkins les condensateurs fixes, le condensateur variable et les bobines qu'il me fallait, répondit Jérôme d'une voix morne et comme en se parlant à lui-même. Se fabriquer un détecteur n'est rien du tout... Il suffit d'un fil en métal inoxydable enroulé en spirale... J'ai aussi de quoi monter une longue antenne de cuivre... De préférence, une antenne verticale en forme de T... Bien sûr, je n'ai pas de schéma devant les yeux, je tâtonne un peu... Mais j'y arriverai, j'y arriverai... Ce n'est pas ça qui me chagrine !...

Le regard douloureusement interrogateur de Gilles pesait sur Jérôme.

— Ne me regarde pas comme ça, mon vieux Gilles ! Je n'y puis rien. Il n'est pas dans mon pouvoir de... Ce n'est pas seulement la galène... Si la station émettrice est trop éloignée... Ou si elle n'est pas assez puissante... Dans les deux cas, nous ne capterons rien...

Gilles ravala sa salive. Une fois de plus, ils étaient tributaires du hasard. Une fois de plus, leur propre ingéniosité risquait d'être déjouée par des circonstances contre lesquelles ils ne pouvaient rien. Un sentiment de découragement l'envahit.

La clairière, où était plantée leur hutte, baigna un instant dans la lumière incertaine d'un rayon de soleil qui venait de percer le plafond épais des nuages.

— Gare au malotru! cria la voix enrouée du perroquet de Frankie. Gare au malotru!...

Deux coups de feu retentirent. La voix glapissante de Jenkins poursuivait l'oiseau de ses imprécations.

Les deux frères avaient sauté sur leurs pieds. En un tournemain, ils firent disparaître dans une caisse, sous l'établi, tous les éléments dont Jérôme se servait pour la construction du récepteur à galène. Lorsque Jenkins franchit le seuil de la hutte, les frères Notton donnaient l'impression de s'affairer autour du poste de radio de campagne qu'on leur avait confié et dont les pièces détachées jonchaient l'établi.

— Mille tonnerres! Je mettrai bien la main un jour sur cet oiseau de malheur!...

Jenkins bouillonnait de colère.

— Où est Frankie?

En guise de réponse, les deux jeunes gens haussèrent les épaules.

— Quand le perroquet est là — poursuivit Jenkins — Frankie n'est pas loin! Tout le monde sait ça!... Il se cache, le traître! Pourquoi se cache-t-il? A quoi ça lui sert?... A quoi ça lui sert aussi de vous conduire à la grotte?... Ne dites pas non, je le sais! Je sais tout ce qui se passe sur cette île... C'est le devoir du commandant d'être informé de tous les mouvements de...

Il était prêt à dire « de l'ennemi », mais il se contint au dernier instant.

— Je crois vous avoir interdit de quitter le camp ! Vrai ou pas ? Pour avoir enfreint mes ordres, vous serez punis : pas de mess pour vous ce soir ! Pas de dîner ! Ça vous apprendra !...

La punition était sévère. Les deux frères n'étaient pas des enfants pris en faute et qu'on privait de dessert. C'étaient deux grands gaillards qui avaient besoin de manger et qui se voyaient supprimer le seul repas du jour auquel ils avaient droit.

— C'est vrai, dit Jérôme avec une maîtrise de soi qui suscita l'admiration de son frère, Frankie nous a conduits à la grotte. Il voulait nous montrer... Bah ! peu importe ! Cela ne vous fait ni chaud ni froid ! Tout ce qui compte à vos yeux c'est de vous débarrasser de Frankie.

— De statuer sur un exemple ! corrigea Jenkins froidement.

— Pourquoi alors faire semblant de le juger ? Frankie est condamné à l'avance.

Jenkins se racla la gorge et cracha par terre.

— Ce n'est pas moi qui le condamnerai,

c'est notre cour martiale... Il s'est rendu coupable de... Enfin, de quoi vous plaignez-vous? s'interrompit-il soudain avec une grimace mauvaise. Vous vous êtes offerts de le tirer d'affaire... De démontrer aux autres que Frankie disait vrai et que moi je suis un fieffé menteur...

Jenkins s'approcha de l'établi et jeta un coup d'œil à l'appareil éventré. Il partit soudain d'un grand éclat de rire.

— Ha, ha!... Ça n'a pas l'air de beaucoup avancer, votre travail! Vous n'êtes pas aussi malins que vous prétendez l'être!... Vous n'avez plus que trois jours!... Eh bien! où en est cet appareil? Allons-nous bientôt entendre la voix fraîche et joyeuse d'une speakerine annoncer que nous sommes le 3 septembre de l'an de grâce 1966?

Jenkins regardait les deux frères d'un air provocant. La date qu'il avait avancée était exacte. Ils étaient bien le 3 septembre 1966 et le bougre tenait à leur montrer qu'il ne l'ignorait pas.

— Non, dit Jérôme, le travail n'avance pas. Et vous savez pourquoi!

— Je le sais, moi? demanda Jenkins avec une feinte innocence.

— Parfaitement! Non seulement vous le savez, mais vous saviez aussi, pertinemment, que l'appareil ne peut pas être réparé et que Frankie n'avait aucune chance de se disculper...

— Que voulez-vous dire? demanda Jenkins en plissant les paupières d'un air menaçant.

Jérôme hésita un instant.

— Je veux dire que cet appareil a été saboté. Quelqu'un a provoqué un court-circuit qui a grillé les lampes... L'appareil ne peut pas être réparé...

— Que voulez-vous dire, espèce de... Voulez-vous insinuer que c'est moi qui...

Machinalement, Jenkins avait porté la main à son étui de revolver. Mais, une fois encore, il y eut chez lui cette saute d'humeur rapide que les frères Notton avaient déjà observée. Le corps maigre du Commandant se détendit, ses paupières battirent et sur son visage émacié apparut une légère rougeur.

— Mille tonnerres ! s'exclama-t-il. Vous avez découvert ça? Vous êtes quand même plus forts que je ne le pensais !... Eh bien ! oui c'est moi qui ai bousillé l'appareil ! Mais, vous n'avez aucun moyen d'en apporter la preuve ! Les autres ne vous croiront pas... Et, du moment que vous ne pouvez pas réparer cette boîte — et je le savais, oui, que c'était impossible ! — tout s'accomplira comme prévu... Frankie sera condamné... Il sera chassé de notre communauté... Et tout naturaliste qu'il soit... Je le défie de vivre seul dans la jungle... Tant pis pour lui, tant pis pour vous... Votre arrivée ici a bouleversé la vie de notre camp... Vous avez semé chez nous l'esprit de révolte... Plus que jamais, il me faut sévir... Sinon... Car, mes agneaux, sachez-le bien : personne ne s'en ira d'ici tant que le Commandant Jenkins sera vivant...

Jenkins avait parlé de plus en plus vite et comme dans un accès de fièvre. Ses yeux jetaient des éclairs et la rougeur de son visage s'était concentrée sur les pommettes.

— Mais pourquoi, Commandant? Pourquoi? s'écria soudain Gilles, exaspéré. Vingt ans sont passés depuis la guerre... La prescription... Vous n'avez plus rien à redouter de votre retour...

Jenkins se cabra. Une espèce de dignité raidissait son maintien.

— De quoi parles-tu, morveux? dit-il sombrement. La prescription, pouah!... Ce que tu prêches est bon pour les autres... Moi, mon petit gars, je suis officier de carrière... Que je sois traîné devant les tribunaux ou non, peu importe! Le déshonneur...

Sa voix s'était cassée et il eut une quinte de toux. Gilles et Jérôme furent frappés par l'expression d'intense chagrin qui s'était peinte sur le visage du Commandant. Ils eurent devant eux non seulement un homme malade, cruel et un peu fou, mais un vieux soldat brisé et miné par sa déchéance. Jenkins leur inspira soudain une sorte de pitié.

— J'ai une mère... reprit Jenkins d'une voix à peine perceptible. Peut-être est-elle encore en vie... Elle était fière de moi... Vous me voyez rentrer chez moi tout juste pour lui briser le cœur? Non, non... Il n'en est pas question... J'ai encore un an, deux ans à vivre... L'ancien héros des Thermopyles et de Guadalcanal finira ses jours ici.. Après ma mort, peu importe! Qu'ils fassent ce qu'ils veulent!... Mais tant que moi... J'ai bafoué mon honneur de soldat... J'ai déserté... Je ne déserterai pas une deuxième fois ma...

D'un air égaré, Jenkins cherchait ses mots. Il acheva péniblement :

— Je ne déserterai pas ma destinée... Soldat perdu, je resterai perdu pour tous et pour moi-même...

Les deux garçons se taisaient. Que pouvaient-ils répondre? Le drame de Jenkins les dépassait. Ils comprenaient mieux les raisons intimes du Commandant, mais Jenkins faisait bon marché de la vie et de la volonté de ses compagnons. Et eux-mêmes, pris comme ils étaient dans l'engrenage, ne pouvaient souscrire à ces raisons. Ils devaient continuer de faire tout ce qui était en leur pouvoir pour faire pièce aux sombres desseins de Jenkins et à son égoïsme désespéré...

— Commandant, dit Jérôme après un silence, je vous demande de lever votre punition. Non pas pour moi, mais pour mon frère...

— Que dis-tu là? protesta Gilles, presque vexé.

— Gilles est encore un enfant, continua Jérôme. Le faire jeûner pendant deux jours est cruel...

Plongé dans ses réflexions, Jenkins semblait ne pas avoir entendu. Soudain, de la cime d'un bananier, la voix enrouée du perroquet se fit entendre :

— Gare au malotru !... Gare au malotru !...

— Ah ! cet oiseau ! fit Jenkins comme au sortir d'un songe. Comment ai-je pu le supporter si longtemps ? Je lui tordrai le cou à la première occasion !... Que disiez-vous ? Ah oui !... Eh bien ! soit ! La punition est levée...

Il fit un pas vers la porte et se retourna :

— ... levée en souvenir de ma mère !

L'expérience
de la dernière chance

Au lendemain de la visite de Jenkins dans la hutte-atelier, une éclaircie se produisit dans l'après-midi. Le soir, la mousson cessa de souffler et une brise d'est chassa les nuages. Pour la première fois depuis des semaines, le cri-cri des grillons et le coassement des grenouilles saluèrent le ciel pur et parsemé d'étoiles.

— C'est un temps idéal pour notre expérience, chuchota Jérôme à son frère, alors qu'ils se dirigeaient, à pas de loup, vers la clairière.

Une silhouette immobile les attendait près de la hutte : c'était Frankie. Les trois hommes continuèrent leur chemin en silence. Jérôme tenait sous le bras la vieille boîte à cigares transformée en récepteur à galène. Gilles portait les deux écouteurs. Frankie n'avait pas prononcé un seul mot. Les deux frères n'avaient aucun mal à le comprendre. Pour

Frankie, l'expérience qu'ils allaient entreprendre était celle de la dernière chance. C'était pour lui une question de vie ou de mort.

Habitué depuis de longues années à vivre dans la jungle, Frankie voyait, la nuit, bien mieux que les deux garçons. Il avançait si vite que Gilles et Jérôme avaient du mal à le suivre. Leur cheminement nocturne ne dura cependant pas longtemps. Bientôt, ils pénétrèrent dans une autre clairière. C'est là que Jérôme avait installé son antenne dans le plus grand secret. Un long fil de cuivre avait été tendu très haut, entre les sommets de deux palmiers. Les deux bouts de l'antenne étaient isolés et une longue descente traînait dans l'herbe.

Jérôme installa son petit appareil sur le tronc d'un « faiseur de veuves » abattu par le vent. Il y planta l'antenne, la liaison avec la terre et les fiches des écouteurs. Frankie avait allumé, entre-temps, sa lampe-tempête. Jérôme offrit l'une des deux paires d'écouteurs au naturaliste. Mais Frankie hocha la tête. Il n'en voulait pas. Jérôme ajusta les écouteurs autour de sa tête et Gilles l'imita. Assis dans l'herbe, la boîte à cigares sur ses genoux, Jérôme commença à explorer le cristal de galène avec la pointe de son détecteur.

Il y eut, dans les écouteurs, des craquements : l'appareil fonctionnait, autrement dit les connexions étaient correctes. Mais rien n'indiquait encore qu'il fût capable de capter une émission.

Avec une patience d'homme de science, Jérôme touchait le cristal point par point. Mais, tout ce que les jeunes gens entendaient dans leurs écouteurs était des parasites et encore des parasites... Gilles commençait à s'inquiéter. Interroger ainsi l'espace et ne recevoir aucune réponse avait quelque chose d'intolérable. C'était comme si leur solitude, leur isolement se fût approfondi d'autant. Le silence sidéral prenait une dimension métaphysique. C'était comme si le ciel avait été vide. Comme si Dieu les avait abandonnés. Une grande tristesse, proche du désespoir, gagna le cœur du jeune garçon. Ses yeux se remplirent de larmes. Heureusement, l'obscurité le mettait à l'abri des regards indiscrets. N'en pouvant plus, il enleva les écouteurs et les tendit à Frankie. Cette fois, le naturaliste ne les refusa pas.

Systématiquement, sans se lasser, Jérôme explorait le cristal de galène. Une demi-heure, une heure passèrent ainsi. Tantôt plus forts, tantôt plus faibles, seuls les sinistres craquements se manifestaient.

Gilles ouvrit la bouche comme un homme qui manque d'air. L'angoisse lui serrait la gorge. Un picotement nerveux courait le long de son échine.

— A quoi bon continuer? s'écria-t-il. C'est fichu... fichu... fichu...

Mais les deux autres, les écouteurs collés à leurs oreilles, n'avaient pas entendu le cri de désespoir du garçon. Jérôme, de haut en bas et de droite à gauche, touchait toujours la galène avec la pointe de son détecteur vrillé en spirale.

Gilles était guetté par un effondrement nerveux. Ni son sort ni celui de son frère ne lui importaient autant que celui de Frankie. L'adolescent se sentait coupable. Frankie leur avait fait confiance et lui, Gilles, en se conduisant d'une façon inconsidérée, était directement responsable de la menace de mort qui pesait désormais sur cet homme. Il avait espéré contre tout espoir. La construction de l'appareil à galène avait fait taire en lui, pendant quelques jours, les remords qui le tenaillaient. Or, voici que ce dernier recours contre un sort inéluctable leur était interdit. L'appareil ne servait à rien, ne résoudrait rien. Frankie serait chassé du village, il serait condamné à vivre dans la jungle, tel un animal malade et traqué, souffrant de faim, souffrant de l'angoisse intolérable de l'isolement au milieu d'une nature effrayante et hostile, jusqu'au jour où le coup de grâce lui viendrait d'un scorpion, d'un cobra ou d'un « faiseur de veuves »... Gilles n'en pouvait plus. Il fixait, à la lumière incertaine, les visages graves et tendus de ses compagnons, mais il ne les voyait pas. Son corps était inondé d'une sueur froide. Dans la pénombre de la jungle, il lui semblait apercevoir une forme allongée... Était-ce Harry ? Était-ce Frankie ? Un homme était mort, en solitaire, piqué par une bête venimeuse. Son visage boursouflé et violet exprimait la plus atroce des souffrances. Gilles s'enfonça le poing dans la bouche. Il délirait, il en avait conscience et honte, mais son désespoir avait dépassé la cote d'alerte et la raison n'avait plus raison du déraisonnable...

Soudain, Frankie et Jérôme sursautèrent en même temps. Ils se regardèrent, pétrifiés, puis, lentement, un sourire éclaira le visage de Frankie.

— Qu'est-ce que c'est ? Vous entendez quelque chose ? demanda Gilles, haletant.

Frankie lui fit signe d'approcher. La tête tout contre la tête du naturaliste, Gilles prit, en tremblant, l'un des écouteurs. L'ébonite était encore chaude de la chaleur de Frankie, anormale, sans doute, et due à la fièvre. En collant l'écouteur à sa propre oreille, Gilles entendit nettement un « ti-ti-ti-ti-ti-ti... » irrégulier et continu. Des signes Morse...

— Un navire, très probablement ! dit Jérôme. Nous avons la preuve que le cristal est sélectif. Il faut persévérer...

Désormais, Frankie et Gilles se partageaient les mêmes écouteurs. Jérôme continuait son inlassable manège. Il semblait qu'il eût atteint une zone « active » de la galène. En effet, il captait de plus en plus d'émissions en télégraphie sans fil. Des signaux qui se croisaient, se superposaient parfois, tantôt aigus et comme lointains, tantôt graves et plus proches. Hélas ! aucun des trois hommes ne savait les interpréter. Et même s'ils l'avaient su, cela n'eût pas servi à grand chose... Non, ils « brûlaient » peut-être, mais ils n'avaient pas encore trouvé ce qu'ils cherchaient.

Le temps passait. Une humidité tiède montait de la forêt, qui deviendrait bientôt un épais brouillard. Un chat sauvage fit entendre son miaulement. Les trois hommes ne l'entendirent pas. Serrés l'un contre l'autre, les joues et les oreilles en feu, ils écoutaient de toutes leurs forces, fouettés par l'espoir d'une reprise de contact avec la civilisation. Et puis ce fut le miracle !... Jérôme venait, une fois de plus, de toucher un point encore non exploré de la galène. Une musique douce, lointaine, mais parfaitement audible, retentit dans les écouteurs !...

Les trois hommes retinrent leur souffle. Une joie indicible les animait. Gilles embrassa son frère, en lui donnant de grandes tapes dans le dos. Frankie laissait couler ses larmes. Il pleurait doucement, sans retenue et sans honte. La musique — une musique de jazz — continuait à distiller ses harmonies et ses syncopes. C'était bien une musique comme en diffusent les stations de radio. Voulant améliorer l'écoute, Jérôme l'avait perdue un instant, mais il la retrouva aussitôt, plus forte et plus claire. La musique s'interrompit. Une voix nasillarde se mit à parler dans une langue inconnue. Ce fut une déception.

— Mon Dieu, quelle est cette langue ? La connaissez-vous, Frankie ?

Le naturaliste écoutait d'un air concentré. Il hocha, à plusieurs reprises, la tête.

— Une langue indonésienne, dit-il. Du papou, peut-être... Je saisis, de temps en temps, des paroles qui me rappellent le dialecte de nos indigènes d'ici... Mais ce n'est pas la même langue...

Était-ce possible que, si près du but, ils pussent échouer ? Si la seule émission qu'ils captaient était indéchiffrable, ils s'étaient réjouis trop tôt. Comment allaient-ils persuader leurs compagnons que Jenkins avait menti ? Le discours du speaker inconnu était interminable.

De nouveau, les trois hommes se regardaient, angoissés. Puis, brusquement, ce fut le silence. Trois coups de gong retentirent. Et voici que, cette fois, une voix de femme avec le plus pur accent anglo-saxon annonça : « Ici la station de radiodiffusion de Port Moresby... Chers auditeurs, voici — comme chaque soir — les prévisions météorologiques pour demain, 4 septembre 1966... Une dépression qui a été annoncée par la station météorologique de... »

Mais les trois hommes n'écoutaient plus. Jérôme nota soigneusement l'heure à sa montre-bracelet. Port Moresby, c'était la Nouvelle-Guinée.

«Personne
ne quittera cette île!»

Au mess, ce soir-là, le temps était à l'orage. La pluie s'était interrompue depuis 24 heures, mais de gros cumulus montaient à l'horizon. L'air crépitait d'étincelles. Les objets métalliques s'étaient transformés en condensateurs électriques. Qui touchait à son couteau ou à sa gamelle recevait une décharge.

Assis autour de la longue table, les hommes de Jenkins étaient nerveux. Le Commandant, lui, triomphait. Le délai qui suspendait la mise en jugement de Frankie venait à expiration. Et les frères Notton, ainsi qu'il s'y était attendu, avaient échoué dans leur entreprise. Il s'en était assuré le matin même. L'appareil de radio éventré, éparpillé en pièces détachées, était définitivement hors d'usage. « N'essayez surtout pas de faire croire aux autres que je l'ai saboté, avait dit Jenkins. Personne ne vous croira, car vous n'en avez aucune preuve. De plus, votre insolence m'obligera à sévir ! » L'avertissement semblait avoir fait son effet. En ce moment même, les frères Notton gardaient le silence, la tête penchée.

Pourquoi les autres convives étaient-ils, eux aussi, de mauvaise humeur ? Passe pour Frankie ! Un homme qui s'attend à être chassé dans la jungle n'a aucune raison d'arborer une mine réjouie ! Mais Freddy, le second, et surtout Mike, le balafré, ingurgitaient des quantités inhabituelles de saki. De leur côté, Dick, le manchot, et Johnny s'étaient pris de querelle. Bill, le cantinier, avait signalé que, les derniers jours, des quantités importantes de patates douces et de coprah avaient disparu des magasins du cantonnement. Johnny, comme d'habitude, accusait les Djin-Djin de voler tout ce qui leur tombait sous la main. Mike n'était pas de cet avis. Il accusait Bill d'incurie. Et, dans le feu de la discussion, il avait eu un mot qui en disait long sur son état d'esprit.

— Personne ne sait compter dans cette baraque ! s'était-il écrié. Ni les sacs de patates, ni les jours qui passent !...

Jenkins avait dressé l'oreille. Le mauvais esprit commençait à faire des ravages. Il était temps, grand temps de crever l'abcès.

— En voilà assez ! grogna-t-il. Mike, Johnny, cessez de vous disputer pour des enfantillages ! Nous avons des choses plus importantes à l'ordre du jour !...

Comme si tous avaient attendu avec impatience l'intervention de Jenkins, il se fit aussitôt un grand silence.

— Demain à l'aube, mes amis, reprit Jenkins sur un ton solennel, nous nous constituerons en cour martiale. Nous aurons à juger Frankie, ce félon, qui, malgré son serment, a trahi notre secret, nous a vendus, en quelque sorte, à ces jeunes étrangers... Compte tenu du fait que nous serons en nombre pair, ma voix, en tant que président, sera prépondérante.

Il y eut un nouveau silence, pendant lequel on entendit le tonnerre gronder au loin. Jérôme consulta rapidement la montre à son poignet. L'orage qui menaçait et qui annonçait de très mauvaises conditions atmosphériques dérangeait ses plans. Cependant, Freddy, le second, fronçait les sourcils.

— Une voix prépondérante ? demanda-t-il en fronçant les sourcils. Qu'entendez-vous par-là, Jenkins. ?

— Je veux dire que, dans le cas où les votes seraient partagés, ma voix comptera pour deux.

— Mais la règle était... nous nous étions

imposé de prendre notre décision à l'unani-
mité... Dans le cas de Harry...

— Dans le cas de Harry, c'était différent
fit Jenkins d'une voix tranchante. Crois-tu,
mon pauvre Freddy, que je ne te perce pas
à jour ?

— Vous me percez à jour ?

Freddy se raidit. Dans son visage grumeleux,
rasé de près, la colère contenue dessinait
des taches roses.

— Vous avez une drôle de façon de...
Expliquez-vous, Jenkins !

— Mon cher second, reprit Jenkins avec
une ironie cinglante, tu es moins fin psychologue que moi !... Je sais, moi, que, demain,
tu voteras pour Frankie et... et contre moi,
en quelque sorte. Et tu n'es pas le seul ! Je
pourrais citer d'autres noms...

Jenkins promena un regard hautain sur
Mike, le balafré, sur Dick, le manchot, sur
Boudy, l'homme aux yeux malades.

— Parfaitement ! s'exclama Mike d'une
voix avinée. Je... je n'ai d'ordre à recevoir
de personne ! Je... je voterai comme bon me
semble !

Johnny sauta sur ses pieds.

— Misérable ! Traître ! cria-t-il, en agitant son poing sous le nez de Mike. Je me disais
bien que toi aussi...

190

— Silence ! tonna le Commandant. Johnny tiens-toi tranquille !... Oui, reprit-il, plus calme, en poussant un soupir. Les temps ont changé. Vous avez changé. Demain la décision sera prise à la majorité. Cela est tout à fait conforme au Code militaire.

— En préjugeant de notre décision, vous nous calomniez ! dit Freddy avec force. Vous tentez aussi de nous influencer...

Un grand brouhaha s'installa autour de la longue table. Les exclamations, les invectives pleuvaient de tous les côtés. Dans le désordre, il était difficile de déceler qui prenait parti pour le Commandant, qui pour le second. Gilles et Jérôme observaient la scène, pendant que Frankie, comme abîmé dans un rêve intérieur, paraissait absent.

— Silence ! cria de nouveau le Commandant. C'est toi, Freddy, qui parles de calomnie ? enchaîna-t-il lorsque les hommes se furent tournés de nouveau vers lui. Et moi alors, n'ai-je pas été calomnié ? On a insinué ici même... Que dis-je ? On m'a accusé d'avoir faussé le calendrier pour vous empêcher de rentrer au pays. L'accusation était ridicule, bien sûr, car quel intérêt aurais-je eu à... Bref, il m'eût été facile de traiter par le mépris cette diversion... Oui, oui, Freddy, une diversion ! ... Ne tendait-elle pas, mala-

L'île aux fossiles vivants. 7.

191

droitement je dois le dire, à sauver la tête de Frankie?... Oui, j'aurais pu balayer d'un geste cette misérable tentative... N'avais-je pas apporté la preuve de ma bonne foi, bien plus tôt et à votre insu, en demandant à ces jeunes gens de réparer notre poste de radio?... Pourtant, mes amis, je suis beau joueur!... Fort de mon innocence, j'ai accordé à ces jeunes Français et donc aussi à Frankie un délai supplémentaire... Pendant dix jours, ils ont eu toutes les facilités voulues pour mener à bien leur tâche... Le résultat? Il est concluant... Ces petits messieurs ont la langue bien pendue, mais ce sont des vantards. Ils ont été aussi incapables de remettre en marche l'appareil que de me convaincre de mensonge... Dès lors, rien ne...

— Vous vous trompez, monsieur! l'interrompit Jérôme.

Jenkins eut un geste si brusque qu'il fit tomber la gamelle devant lui, laquelle roula sous la table. Dans le silence qui s'ensuivit, on entendait le vol des moustiques.

— Si nous n'avons pas pu réparer le poste de radio, c'est que vous l'avez saboté de telle façon qu'il était devenu irrécupérable...

— Quoi? hurla Jenkins en sautant sur ses pieds. Tu oses, espèce de petite frappe?... La coupe est pleine! Je vous ferai fouetter

192

demain sur la place du village... Je vous mettrai aux fers... Je... je...

Jenkins s'étranglait de colère. Dans son visage en papier mâché, ses yeux enfiévrés paraissaient démesurément grands. Et sur son front étroit perlaient de grosses gouttes de sueur. Johnny se leva à son tour, la main sur son colt.

— Dois-je, mon Commandant...?

D'un geste de la main, Jenkins lui intima l'ordre de se rasseoir. Puis, de nouveau maître de lui et comme dégrisé, il demanda posément :

— Peux-tu prouver ce que tu avances?

Jérôme consulta rapidement sa montre à son poignet et regarda Gilles. Son jeune frère l'encouragea d'un sourire. Frankie avait levé la tête. Il était blême.

— Non, répondit Jérôme en se tournant vers Jenkins. Je ne puis pas le prouver. Cela n'est pas moins vrai. Par contre, ce que je puis prouver c'est que nous sommes bel et bien en l'année 1966...

— Vous pouvez le prouver? s'écria cette fois Freddy, au milieu des exclamations qui fusaient de partout.

— Oui, dit Jérôme avec force. J'ai rétabli le contact avec le monde extérieur. Je vous invite tous à me suivre. Vous entendrez vous-même la speakerine de Port Moresby annoncer le jour, le mois et l'année dans lesquels nous sommes.

Pendant quelques instants, les hommes de Jenkins se regardèrent en silence, frappés de stupeur. Puis, ce fut un beau tumulte. Sautant sur leurs pieds, les uns joyeux, les autres incrédules, ils entourèrent les frères Notton en vociférant et en les accablant de questions.

— Taisez-vous ! cria Freddy. Écoutez, jeune homme ! continua-t-il en s'adressant à Jérôme. J'espère que vous vous rendez compte de ce que vos paroles signifient pour nous. J'espère que vous ne vous avancez pas à la légère. Devons-nous comprendre que le poste de radio est en état de marche ?

— Impossible ! s'écria Jenkins.

Tous les regards se tournèrent vers lui. Le Commandant se mordit les lèvres. Il avait protesté trop vite et s'était trahi.

— Suivez-moi ! dit Jérôme. Faisons vite ! L'émission est pour 11 heures !...

Les hommes, s'empressèrent de quitter l'abri que constituait l'auvent, mais ils durent se frayer la voie à travers un petit cercle de Djin-Djin attirés par les éclats de voix. La nuit était tombée, aussi brusquement que d'habitude. Le grondement du tonnerre s'était rapproché et les éclairs dansaient autour des noirs donjons des nuages. Freddy avait allumé une lampe-tempête et s'était porté aux côtés de Jérôme en tête de la colonne. Jenkins, flanqué de son fidèle Johnny, fermait la marche.

Dix minutes plus tard, ils arrivaient tous en vue de la hutte-atelier. Lorsque Jérôme obliqua en direction de la forêt, il y eut quelques exclamations.

Freddy fut le premier à découvrir l'antenne. Lorsque Jérôme retira d'un creux du « faiseur de veuves », renversé dans la clairière, une grosse boîte à cigares, certains émirent un sifflement de surprise. Jérôme enleva le couvercle de la boîte. A la vue du récepteur à galène, auquel Gilles attachait maintenant les écouteurs, les hommes se tournèrent instinctivement, vers Jenkins.

Celui-ci s'avança dans le cercle de lumière.

— Voulez-vous prendre les écouteurs, Commandant ? demanda Jérôme.

Jenkins redressa le buste comme s'il se fût apprêté à passer ses troupes en revue.

— Non, dit-il. Ce n'est pas la peine. Vous avez gagné.

Il fit une petite pause.

— Cela ne change rien à rien. Personne ne quittera cette île tant que je serai vivant.

Jenkins avait parlé calmement. Même Jérôme

fut impressionné par l'assurance tranquille de cet homme acculé au mur de ses mensonges. Malgré lui, le jeune Français dut l'admirer. L'on pouvait reprocher à Jenkins beaucoup de choses, mais non pas, certes, de manquer de sang-froid dans les situations difficiles.

Ses paroles avaient cependant provoqué dans le petit groupe d'hommes un flottement. Freddy s'avança et leva haut la lampe-tempête, de manière à éclairer le visage du Commandant.

— Je ne vous comprends pas, Jenkins! dit-il avec une émotion contenue. Vous convenez que vous nous avez dupés. Vous convenez que nous sommes en 1966. Et vous voulez nous empêcher de rentrer chez nous?

— Mon cher Freddy, le vin est tiré. Il faut le boire jusqu'à la lie. La prescription efface notre culpabilité juridique. Elle n'efface pas le déshonneur. Te rends-tu compte de ce qui nous attend? Les journaux s'empareront de notre histoire. Nous serons traînés dans la boue. Dans la rue, les gens nous montreront du doigt. Nos parents, nos amis se détourneront de nous. Et tu imagines que moi, Jenkins, j'accepterai un sort pareil? Après ma mort, soit, faites ce que bon vous semble ! Mais tant que je serai encore vivant...

— Il est un peu tard pour nous tenir un

pareil langage, Jenkins ! N'est-ce pas toi, le premier, qui nous a entraînés dans cette aventure? Voici vingt ans et plus que nous vivons comme des bêtes, comme des fossiles dans cette île maudite... J'étais marié avant la guerre... Mes fils doivent être grands... J'attendais... Je comptais les jours... Et tu veux m'empêcher de... Tu veux me condamner à...

Freddy était hors de lui et la lampe-tempête tremblait au bout de son bras.

— Tu as des fils, dis-tu, répondit Jenkins. Et tu ne rougiras pas de te présenter devant eux? Que leur diras-tu? J'ai déserté... puis je me suis terré, comme un lâche, durant vingt ans pour être sûr de l'impunité... Et maintenant me voilà!...

— Ce n'est pas moi qui ai fait les lois ! rugit Freddy. Ce n'est pas moi qui ai décidé la guerre !... J'ai assez souffert !... Si j'ai une dette à payer eh bien ! je l'ai payée... Et si ce n'est pas assez, je suis prêt à payer encore, devant la justice de mon pays et devant mes fils... Mais qui osera me jeter la pierre? Qui osera me condamner? Les blancs-becs qui suçaient le lait de leur mère pendant que nous en bavions dans la jungle? Les vieux embusqués qui envoient les autres se faire tuer?

Freddy se tourna brusquement vers les frères Notton :

— Vous autres, qui avez presque l'âge de mes fils, si j'étais votre père me condamneriez-vous ?

Dans la clairière, insensiblement, deux groupes s'étaient formés : l'un était constitué de Freddy, entouré de Frankie, du manchot et du balafré; l'autre de Jenkins, de Willie et de Johnny. Boudy, l'homme aux yeux malades, et Bill, le cuistot, avaient hésité un moment. Puis le premier avait rejoint Freddy et le second Jenkins. Ainsi, les frères Notton demeuraient isolés entre les deux groupes hostiles.

— Allez, répondez ! insista Freddy, en s'adressant toujours aux deux frères.

Jérôme réfléchissait fébrilement. A ne considérer que son intérêt et celui de son frère, il souhaitait de tout cœur que Freddy pût prendre le dessus sur Jenkins. Leur rapatriement rapide était à ce prix. Mais, dans la dramatique confrontation des deux hommes, il ne pouvait prendre parti ni pour l'un ni pour l'autre. C'eût été manquer gravement aux principes auxquels il croyait et à la droiture que leur avait inculquée leur propre père. Non, tout compte fait, mieux valait rester fidèle à soi-même.

— Je pense, dit-il lentement, que la guerre

est une chose atroce et insensée. Mais je pense aussi que défendre sa patrie lorsqu'elle est en danger est juste et nécessaire. Et, lorsque l'ennemi est aussi impitoyable que l'étaient les nazis et les Japonais durant la dernière guerre mondiale, ce devoir est encore plus urgent. Mais les hommes ne sont pas faits d'une seule pièce. Les meilleurs d'entre nous peuvent avoir des défaillances. Vous avez manqué gravement à votre devoir. Mais ce n'est pas à nous de vous juger. Au point où en sont les choses, le seul, le vrai juge est votre conscience. Mais mon frère et moi, nous ne pouvons admettre d'avoir à payer les fautes des autres... Nous venons d'apporter la preuve que nous disions vrai. Notre loyauté même exige que vous nous laissiez partir... Oui, nous allons quitter cette île. Que ceux qui veulent rentrer se joignent à nous !...

— Moi !... Moi !... crièrent en chœur Dick, le manchot et Mike le balafré.

— Moi aussi je vais rentrer, dit Freddy calmement. Et Frankie, bien sûr, et...

— Personne ne rentrera !

La voix de Jenkins était rauque, avec des inflexions sinistres.

— Je n'ai aucune envie, reprit-il, de voir les autorités ou, pour le moins, une meute

de journalistes débarquer dans cette île...
Johnny ! Tu confisqueras toutes les armes de
ces messieurs... Toi et Willie, vous les sur-
veillerez jour et nuit !... Quel que soit le
moyen qu'ils voudraient utiliser pour nous
fausser compagnie, vous tirerez à vue !...

Johnny, sans attendre d'autres ordres, avait
sorti le colt de son étui et menaçait de son arme
le groupe de Freddy auquel venaient de se
joindre les frères Notton.

Jenkins toisa son second puis, d'un geste
impérieux, lui signifia — à lui et à ses partisans — de le précéder dans le sentier qui menait
au village.

Tenus en joue par Johnny, les hommes
s'exécutèrent. Mais Freddy se retourna encore
une fois vers Jenkins.

— Votre comportement, Commandant,
dit-il, me délie de tout serment et de tout
devoir d'obéissance. Je vous préviens que vous
n'avez pas encore gagné la partie !...

La foudre vint s'abattre sur les hauteurs de
l'île, suivie du formidable grondement du
tonnerre. Les nuages, comme crevés par une
lame de feu, se mirent à déverser sur la forêt
des torrents d'eau tiède et fumante...

L'évasion manquée

En apparence, la vie du camp continuait comme avant. Jenkins s'était contenté de réquisitionner toutes les armes de ses adversaires. A vrai dire, les deux groupes hostiles se côtoyaient encore, mais ne se mélangeaient plus. Même les repas n'étaient plus pris en commun. Bill, le coq, avait organisé deux services : l'un pour Jenkins et ses hommes, l'autre pour Freddy et ceux qui le suivaient. Les frictions les plus graves se trouvaient ainsi évitées. Cependant, tout le pouvoir était entre les mains du Commandant et ses acolytes se promenaient dans le village armés jusqu'aux dents.

La situation devenait intenable. Elle l'eût été encore plus si Freddy et les siens n'eussent évité soigneusement les provocations de Johnny et de Willie, ainsi que les querelles futiles. A ce propos, les ordres que Freddy avait donnés à ses partisans étaient formels. S'ils voulaient réussir l'évasion qu'ils préparaient en secret, ils se devaient de garder leur calme et d'endormir la vigilance de leurs surveillants.

Oncle Too et sa pirogue étaient les pivots de leurs projets. Seul le chef indigène savait comment rejoindre l'île la plus proche. Lui seul aussi savait pêcher en haute mer. Oncle Too n'aimait ni Dick ni Boudy, et il détestait Mike, le balafré. Jérôme et Gilles durent employer des trésors de patience pour persuader le Djin-Djin d'accepter leur compagnie. Entre-temps, l'oncle Too avait bien travaillé : les patates douces et le coprah subtilisés dans les magasins de Bill avaient été cachés dans la pirogue. On disposerait ainsi de quelques jours de provisions. Il fut plus difficile de s'emparer d'un fût capable de contenir une cinquantaine de litres d'eau douce. Mais, grâce à la complicité des Djin-Djin, l'oncle Too put annoncer bientôt que l'eau, non plus, ne manquerait à bord. Il fut décidé que, pour tenter l'aventure, on guetterait les prochaines grandes marées. En effet, malgré son faible tirant d'eau, la pirogue risquait autrement de s'enliser dans les marécages infestés de crocodiles qui formaient l'embouchure de la rivière.

L'inconvénient était que les grandes marées coïncidaient avec la pleine lune. Le temps s'était mis au beau et l'astre risquait de briller de tout son éclat, permettant ainsi aux guetteurs de Jenkins de prendre la pirogue sous le feu du mortier. Mais, à moins d'ajourner l'évasion jusqu'à la prochaine mauvaise saison, ils n'avaient pas le choix.

La question fut débattue longuement dans des conciliabules secrets. Comme tous les indigènes, l'oncle Too savait ramper sans bruit. Il fut chargé d'épier les hommes sur la colline, afin de se rendre compte de leur vigilance. Plusieurs nuits de suite, le chef indigène réussit à s'approcher sans bruit du mortier auprès duquel veillaient les sentinelles de Jenkins. Il put rapporter à ses compagnons que lorsque Bill, le cuistot, prenait son quart vers le matin il avait tendance à sommeiller. Ce renseignement, compte tenu aussi du régime des marées, décida de la nuit et de l'heure de l'évasion...

*
* *

Sept hommes avançaient furtivement vers les profondeurs de la forêt, avec l'oncle Too à leur tête. En dehors de quelques chandails troués, ils n'avaient pas le moindre bagage. Leur seul instrument de navigation était une boussole de poche. Enfin, ils ne disposaient d'aucune arme. Ils s'apprêtaient à affronter mille périls les mains nues. La conscience de leur dénuement les accablait. Mais le désir de s'arracher à l'île maudite était si fort, qu'il leur tenait lieu d'espoir et de viatique.

L'endroit que l'oncle Too avait choisi pour cacher la pirogue se trouvait à une centaine de mètres de la rivière. Le terrain y était sec et les crocodiles rares. Frankie attacha sa longue corde d'alpiniste à la proue de l'embarcation et les fugitifs, en unissant leurs efforts, la tirèrent jusqu'à la rivière. Dès qu'elle se mit à flotter, chacun y prit sa place désignée à l'avance. Oncle Too qui, de la rive, avait empêché la pirogue d'être emportée par le courant, fut le dernier à sauter dedans, ce qu'il fit avec une habileté qui augurait bien de ses qualités de marin. Chacun se mit à pagayer en force, augmentant la vitesse que le courant imprimait déjà à l'esquif. Chacun avait hâte de franchir la passe dangereuse de l'embouchure. Une fois en mer et au large, ils n'auraient plus à lutter contre les hommes, mais seulement contre les éléments.

Ils avaient redouté que le bruit de leurs rames ne donnât l'alerte dans le camp. C'était là une crainte sans fondement. Le coassement assourdissant d'innombrables crapauds excités par le clair de lune eût rendu inaudible même le rugissement d'un tigre.

Après un quart d'heure de rapide voyage, le lit de la rivière s'élargit considérablement. Alors, à partir des rives embourbées, des flèches noires fusèrent à fleur d'eau pour converger vers un même point. Quelques instants plus tard, des dizaines de crocodiles entouraient la pirogue, faisant claquer leurs repoussantes mâchoires. Jérôme serra la main de Gilles. Les deux frères avaient eu au même instant la même pensée : pourvu que la pirogue fût stable ! pourvu qu'elle ne sombrât pas ! Leur crainte était d'autant plus légitime que l'oncle Too s'était mis à assener de vigoureux coups de pagaie sur la tête des bêtes et qu'il faisait osciller dangereusement l'embarcation.

Heureusement, la rivière, ici étalée, coulait plus doucement. L'embarcation heurtait parfois les carapaces des crocodiles, mais ne paraissait pas en danger de chavirer. Ils traversaient maintenant la zone la plus exposée de l'embouchure. A leur droite se profilait la colline où avait été installé le mortier et où devait se trouver en ce moment même Bill, le cantinier, en train de sommeiller. Tout l'espoir des fugitifs reposait sur la nature lymphatique de Bill. Si, pour une raison quelconque, Bill ne dormait pas, ils étaient perdus. Car, sous le clair de lune, leur longue pirogue devait se détacher aussi nettement qu'une ombre chinoise.

Déjà des touffes d'algues tournoyaient doucement autour d'eux, signe qu'ils avaient atteint l'estuaire, où l'eau de mer, sous l'effet de la marée, se mêlait à l'eau douce de la rivière. Ici, les crapauds et les grenouilles n'étaient plus dans leur élément et leur coassement infernal s'estompait. Les crocodiles aussi avaient abandonné leur poursuite. Encore dix minutes de navigation silencieuse et ils seraient en sécurité. Encore dix minutes, et le courant de la marée les entraînerait vers la mer, où ils seraient hors d'atteinte. Les mâchoires serrées, les visages tournés vers la colline, les fugitifs glissaient, fantomatiques, vers la ligne blanche, à l'horizon, qui indiquait le premier brisant.

— Halte-là !

Une voix avait déchiré le silence. Au sommet de la colline, la silhouette d'un homme se découpait dans le ciel.

— Vite ! Nagez de toutes vos forces ! cria Freddy.

Les fugitifs se mirent à pagayer comme des forcenés. Mais ils s'aperçurent très vite qu'ils n'avançaient plus guère. A cette heure, la

206

marée aurait dû commencer à refluer et donc
accélérer leur descente vers la mer. Or, il n'en
était rien. La mer montait encore et la pirogue
rencontrait un fort courant contraire. Jérôme
consulta furtivement sa montre. Elle indiquait
4 heures. Retardait-elle pour une raison
inconnue? Dans ce cas, tout s'expliquait,
car Freddy avait fixé l'horaire de leur expédition en se guidant sur elle.

— Accostez tout de suite ou je tire ! cria
de nouveau la voix du haut de la colline.

C'était la voix de Johnny et non pas celle de
Bill. Le cantinier n'avait donc pas encore pris
la relève de l'homme au colt. L'hypothèse de
Jérôme se confirmait. Sa montre-chronomètre,
dont il était si fier, s'était détraquée et, de ce
fait, les entraînait tous dans une catastrophe.

— Pagayez, pour l'amour de Dieu ! mugit
Freddy, en appuyant de toutes ses forces sur
sa propre rame.

Mais, malgré leurs efforts désespérés, la
pirogue faisait du surplace. Le premier obus
du mortier éclata loin d'eux. La lumière
incertaine de la lune ne permettait pas au
servant de l'engin de bien viser. Mais déjà
le deuxième et le troisième obus se rapprochaient.

— Virez à gauche ! ordonna Freddy. Nous
allons débarquer sur l'autre rive !

Les hommes s'exécutèrent. Il devenait évident qu'il n'y avait rien d'autre à faire. Pouvaient-ils espérer reprendre leur navigation avec la marée favorable? Maintenant qu'ils étaient repérés, cela devenait improbable. Jenkins disposait de canots pneumatiques et de tout l'armement du camp. Déjà la canonnade avait réveillé le village. Des torches s'agitaient parmi les huttes et semblaient se diriger vers la rive droite de l'estuaire. Pendant que la pirogue s'approchait de l'autre rive, Johnny avait ajusté son tir. Les obus de mortier tombaient toujours plus drus, explosaient avec un bruit sourd et les hommes se recroquevillaient instinctivement. Le débarquement fut pénible. Il fallut traverser à découvert une lisière marécageuse, où les hommes s'enfonçaient dans la boue jusqu'au genou. Les obus explosaient dangereusement près. A plusieurs reprises, Jérôme et Gilles entendirent le sifflement caractéristique des éclats. Un bruit assourdissant et des morceaux de bois volant de tous les côtés signifièrent aux fugitifs que la pirogue avait été touchée. Ainsi, toute retraite vers la mer était coupée. Jérôme, le premier, s'aperçut que Frankie s'était effondré. Le naturaliste, qui avait chargé sur l'épaule le lourd cordage dont il n'avait pas voulu se séparer, avait été atteint par un éclat. Tombé vers l'avant, il gisait le visage enfoui dans la boue. Jérôme et Freddy se précipitèrent à son secours. Aidés par l'oncle Too, ils portèrent le blessé durant les derniers cent mètres qui les séparaient de la terre ferme. Un rideau d'arbres géants les protégeait maintenant du mortier qui les martelait du haut de la colline. Le tir cessa. Mais il n'était pas douteux qu'un véritable commando allait bientôt traverser la rivière. Ils n'avaient ni armes pour résister, ni lieu où se réfugier. La partie était perdue.

Frankie était couché par terre, sur le flanc. Il saignait abondamment de sa blessure à l'épaule. Freddy et l'oncle Too s'approchèrent avec un pansement d'herbes confectionné à la hâte. Jérôme mit un genou à terre. Vu de près, dans la lumière pauvre que répandait l'astre nocturne, le visage du naturaliste paraissait d'une pâleur mortelle. Frankie remua les lèvres dans un grand effort pour parler.

— Pas la peine... murmura-t-il. Pour moi, c'est fini... Cachez-vous dans la grotte... Peut-être... Moi je reste ici... De toute façon, je...

Il n'eut pas la force d'achever. Il ferma les yeux.

— Il n'en est pas question ! dit Jérôme avec force.

Il fut heureux de constater dans le regard de

Freddy la même détermination. Celui qu'ils considéraient maintenant comme leur chef n'était pas homme à abandonner un camarade blessé. Mais les événements se précipitaient. L'autre rive fourmillait de torches. Jenkins et les siens faisaient leurs préparatifs d'embarquement.

— Nous n'avons pas une minute à perdre dit Freddy. Nous devons prendre nos provisions et cacher la barque dans les fourrés. Dans un jour ou deux, si la chance nous sourit...

Personne ne croyait plus à la moindre chance. Mais agir était le seul remède contre le désespoir. Trois hommes plongèrent jusqu'au mollet dans la boue et tirèrent la pirogue sur un banc de sable que les branches d'un saule pleureur cachaient de tous les côtés. Le canoë avait été endommagé à la proue par l'explosion de l'obus, mais pouvait être facilement réparé. Pendant que Jérôme s'emparait d'un sac de patates douces, il vit une forme noire se détacher de l'autre rive : le canot pneumatique de Jenkins. Jérôme jeta dans l'eau une branche de saule. La branche tournoya sur elle-même, puis fut rapidement emportée en aval. La marée descendante, sur laquelle ils avaient tant compté et qu'ils avaient manquée, aspirait maintenant la rivière comme un vaste siphon... Jamais le léger canot de Jenkins ne pourrait atteindre l'autre rive...

Jérôme montra à Freddy ce qui se passait au milieu de la rivière. Tout comme la branche de saule tout à l'heure, le canot de Jenkins tournoyait sur lui-même. Soudain, le courant de la marée le happa et l'entraîna irrésistiblement vers la mer et vers le large. Et si...? Non, même à ses ennemis, Jérôme n'arrivait pas à souhaiter la mort. Quoi qu'il en fût, les fugitifs gagnaient un répit de plusieurs heures.

Ayant ramené quelques sacs de provisions, Freddy, Mike et Jérôme tinrent un bref conseil de guerre.

— Nous allons prendre le chemin de la grotte, déclara Freddy d'une voix qu'il essayait d'affermir.

Jérôme haussa les épaules. De toute façon, ils devaient chercher refuge quelque part. Il suffisait de longer la rivière jusqu'à la source. Jetant sur son épaule le cordage du naturaliste, Jérôme prit la tête de la petite colonne. Freddy s'était chargé du tonnelet d'eau, les autres des sacs de patates et de coprah. Oncle Too fermait la marche en portant Frankie sur son épaule. Avec sa force de géant, il n'en semblait pas plus incommodé que s'il avait eu à transporter une botte de paille...

211

Jenkins perd la partie

Lorsque, quelques heures plus tard, ils eurent franchi la grande salle aux ptérodactyles, Gilles prit véritablement conscience de l'inanité de leur action. Où les conduisait cette retraite précipitée sous terre? Quelle protection pouvait leur accorder la grotte? Certes, ils pouvaient descendre sur la grève au bord du lac et chercher refuge sur le promontoire d'où Frankie leur avait montré le monstre préhistorique. Faute de cordages, Jenkins et les siens ne pourraient probablement pas les traquer jusqu'au bout. Et après? Il restait toujours aux poursuivants la ressource d'assiéger les fugitifs assez longtepms pour que ceux-ci soient réduits par la faim. C'était l'affaire d'une semaine, d'une dizaine de jours tout au plus. Non, leur fuite éperdue dans ce labyrinthe souterrain ne rimait à rien. Il n'était qu'un réflexe de désespoir.

Gilles pensait que Jérôme devait tenir le même raisonnement. Pourtant son frère conduisait le petit groupe comme si vraiment il y eût quelque chose à attendre de ce voyage au bout de la nuit. « Décidément, se dit Gilles, lorsque l'homme est en péril, il abdique un peu de son humanité. C'est l'action — l'action à tout prix — qui prime la raison froide, celle qui vous indique clairement l'absurdité de tout effort. » Et pourtant... Malgré lui, Gilles s'essayait à des arguments contraires. En des circonstances exceptionnelles, l'ultime sagesse n'exigeait-elle pas précisément l'action? Agir, c'était refuser la fatalité. Et c'était l'action — l'action seule — qui ouvrait, parfois, les portes de l'inattendu et de l'impossible...

Pendant que Jérôme, à la lumière des torches, nouait la corde au piton que Frankie avait enfoncé dans le rocher, Gilles pensait à l'histoire des deux mouches tombées dans un bol de lait. La mouche fataliste, s'étant rendu compte que nager ne servait à rien sinon à prolonger son agonie, s'était laissée couler et s'était noyée. La mouche optimiste et volontaire, par contre, n'avait cessé de nager, infatigablement, bien qu'à ses yeux aussi la fin par la noyade parût inexorable. Or voici que — à force de le frapper encore et encore avec ses pattes minuscules — le lait, brusquement, se transforma en beurre. Ayant de nouveau la

« terre ferme » sous ses pattes, la mouche optimiste était sauvée...

Oncle Too — toujours encombré de Frankie, lequel paraissait évanoui et s'était affaissé sur son épaule — fut le premier à prendre pied sur la grève, au bord du lac souterrain. Freddy suivit, après que ses compagnons lui eurent attaché au dos le tonnelet d'eau. On lança en bas les sacs de provisions. Ce fut ensuite le tour de Mike, le balafré, et de Dick, le manchot, de se laisser glisser le long de la corde. Le manchot s'acquitta de cette tâche avec une grande dextérité, son bras unique ayant acquis au cours des années une force peu commune. Plongé dans ses réflexions, dans un état second, Gilles avait imité ses camarades. C'était vraiment une « descente aux enfers »; la chaleur humide le faisait transpirer et lui coupait le souffle. La poitrine oppressée, il contemplait le lac noir, lisse et fumant. Le monstre reptilien allait-il surgir soudain de ses profondeurs ? Du haut de la falaise, Jérôme leur criait de traverser la grève en courant. Gilles se souvint que tel avait été aussi le conseil de Frankie lors de leur expédition précédente.

— Mon frère a raison, dit-il, en s'adressant à Freddy. Le bruit que nous faisons peut attirer les bêtes.

— Quelles bêtes? demanda Freddy.

— Les *Plésiosaures*.

— Des bêtes... préhistoriques? Et vous croyez, vous, aux sornettes de ce pauvre Frankie?

— Je n'ai pas besoin d'y croire. Je l'ai vu.

— Vous avez vu quoi?

— Un *Plésiosaure*. Allez, faisons vite! Il peut être dangereux de s'attarder sur la grève.

Freddy haussa les épaules, mais ne dit plus rien. Torches à la main, les hommes traversèrent la grève à vive allure, puis commencèrent à escalader le promontoire.

Ce fut à ce moment que retentirent les premiers coups de feu, tirés dans la grotte même, comme en témoignait l'écho répercuté d'innombrables fois de salle en salle. Jenkins et ses hommes étaient déjà là. Gilles jeta un coup d'œil par-dessus son épaule, persuadé que Jérôme le suivait. Inquiet de ne pas apercevoir son frère, il s'arrêta et se retourna. Il fut confronté alors avec un spectacle qui lui glaça le sang : torche entre les dents et corde enroulée sur l'épaule, Jérôme descendait la falaise abrupte en cherchant appui sur les anfractuosités de la roche.

« Jérôme! » chuchota Gilles au comble de l'angoisse. Comment avait-il pu oublier ce détail? Quelqu'un devait, bien sûr, ramener la corde, sinon Jenkins et les siens eussent pu les rejoindre sans la moindre difficulté. Gilles connaissait les qualités d'alpiniste de son frère. Mais, même en plein jour, un varappeur non encordé eût pris de gros risques à descendre la paroi presque lisse.

En quelques bonds, Gilles rejoignit les compagnons qui l'avaient précédé au sommet du promontoire. Tous avaient saisi l'importance du geste courageux de Jérôme. Ils comprenaient aussi qu'il dépendait de la réussite du jeune homme qu'ils pussent jamais sortir de la fosse dans laquelle ils se réfugiaient. Car aucun d'entre eux ne se sentait capable d'accomplir cette performance dans l'autre sens.

Jérôme descendait, lentement, prudemment, cherchant l'appui pour la pointe de ses pieds, tâtonnant longuement, avant de le trouver et de lui confier le poids de son corps, collant parfois sa poitrine contre la paroi comme pour se reposer ou pour se donner un répit nécessaire à son courage... La torche, qui grésillait tout près de son visage, devait parfois l'aveugler et la fumée qu'elle dégageait l'incommoder, car les hommes, qui suivaient ses efforts en retenant leur souffle, l'entendirent tousser à plusieurs reprises.

Pendant ce temps, les coups de feu, dont l'écho roulait à intervalles réguliers dans la grotte, se rapprochaient. Jérôme allait-il rejoindre la grève assez tôt pour se mettre à l'abri ? La paroi devait être maintenant plus propice à ses prises, car sa descente se fit plus rapide. Encore dix mètres... encore cinq mètres... encore trois mètres... Gilles poussa un soupir de soulagement. Jérôme venait de se laisser tomber sur la pierraille de la petite plage. Il se releva et courut vers le promontoire. Allant au-devant de son frère, Gilles se jeta dans ses bras.

— Ah ! mon vieux, dit-il affectueusement, tu m'as fait peur !

Freddy et leurs autres compagnons serrèrent la main de Jérôme en silence.

— Vite, éteignons nos torches ! ordonna Jérôme, encore essoufflé par sa course.

Ainsi fut fait. Ils étaient maintenant plongés dans une obscurité totale. Crispés et profondément inquiets sur leur sort, ils attendirent un long moment, transpirant à grosses gouttes dans la chaleur insupportable, une chaleur d'entrailles de la terre...

Une terrible détonation ébranla la grotte. Ce n'était qu'un coup de revolver, mais tiré de tout près, et le son amplifié par le lieu confiné avait la résonance d'un tir au canon. Pourquoi les hommes de Jenkins tiraient-ils ainsi en pure perte ? Voulaient-ils faire peur ?

Avaient-ils peur eux-mêmes? Une clarté vacillante parut au plafond de la voûte qui surmontait la falaise. La lumière rougeoya en s'approchant. Silhouettes noires, Jenkins et les siens apparurent au bord du précipice en tenant des torches à la main. Ils ne se doutaient pas que les hommes qu'ils cherchaient se trouvaient à une centaine de mètres au-dessous d'eux, ne confiant leur protection qu'aux ténèbres.

— Avez-vous cherché partout? demanda Jenkins d'une voix forte et que l'écho rendait particulièrement distincte.

— Partout, mon Commandant !

C'était là la voix de Johnny.

— Ils sont donc descendus par ici. Cette étendue noire, là-bas, c'est le lac?

— Je le crois, mon Commandant.

— Vous avez cherché vraiment partout? Vous êtes sûrs qu'il n'y a pas une autre galerie ou un sentier ou une...

— Rien, mon Commandant, je suis catégorique. Mais ils avaient la corde de Frankie... Regardez !

Les silhouettes au bord de la falaise s'étaient penchées.

— Un piton! disait la voix de Johnny. Ils ont dû attacher la corde au piton...

— Oui, mais le dernier a dû descendre en

amenant la corde, autrement dit sans corde...

— Il y a des marins qui savent faire des nœuds qui...

— Sottises ! Aucun d'entre eux n'est marin au point de... Et puis la corde est trop longue... Seules les cordes spéciales d'alpiniste peuvent être ramenées au cours d'une descente..

— Dans ce cas, qu'est-ce qu'on fait, chef ?

Les hommes tapis dans les ténèbres reconnurent cette fois la voix de Bill, le cuistot.

— Eh bien ! par où l'autre est passé, moi aussi je peux passer, dit Jenkins.

— Commandant, ne faites pas ça ! s'écria Johnny.

— Non, Commandant, c'est trop dangereux ! renchérit Willie.

Mais Jenkins ne parut guère tenir compte de ces avertissements.

Avait-il besoin d'asseoir son autorité auprès de ceux qui l'avaient suivi ? Était-il animé à tel point par l'implacable volonté de réduire à sa merci les fugitifs ? Baignant dans les vapeurs chaudes émanant du lac, transpirant par tous leurs pores, Freddy et les siens se posaient ces questions dans leur for intérieur. Jenkins était miné par la maladie. Il avait perdu depuis longtemps sa force qui avait été,

220

jadis, herculéenne. Ce qu'il voulait entreprendre était pure folie...

Or, le Sten en travers de l'épaule, Jenkins avait déjà enjambé le bord de la falaise. La torche entre les dents, tout comme Jérôme quelques instants auparavant, il s'agrippait à la paroi et tâtait du pied pour trouver les anfractuosités de la roche. Pareil à un insecte monstrueux, éclairé par la torche d'une façon fantasmagorique, Jenkins descendait mètre après mètre la paroi vertigineuse.

Les hommes sur le promontoire avaient l'impression de voir descendre sur eux leur propre destin. Même seul, Jenkins, grâce à sa mitraillette, allait avoir raison d'eux tous. Et le voici qui se rapprochait de la grève, péniblement mais inexorablement. Allons, n'était-il pas en difficulté? Pendant un long, un très long moment, il demeura immobile, à mi-chemin de sa course. Les nerfs tendus, malades d'angoisse, Freddy et les siens supputaient les forces de Jenkins, son cran, sa résistance. La même attente dramatique devait régner dans son camp, car aucun de ses hommes ne prononça la moindre parole, comme persuadés que le moindre bruit pût faire faire au Commandant un faux pas. L'immobilité de Jenkins se prolongeait... Et puis, non! Il venait de reprendre sa descente, plus lentement encore et, semblait-il, avec moins d'assurance. Son pied, soudain, se posa sur une saillie vermoulue de la roche, laquelle céda brutalement. Jenkins dut faire un effort surhumain pour trouver un autre point d'appui. Dans la chaleur malsaine, suffocante, l'homme dévoré par les fièvres devait souffrir atrocement.

Malgré tout ce qui était en jeu, Gilles ne pouvait s'empêcher d'admirer Jenkins et en même temps d'avoir pitié de lui. Obscurément, il pressentait que l'homme ne pourrait pas aller jusqu'au bout de son entreprise. Pourtant, Jenkins avait fait encore du chemin, non sans des haltes nombreuses et prolongées. Il paraissait épuisé. Il dévissa encore une fois et ne se rattrapa que de justesse. Gilles se trompait-il ? Jenkins approchait du sol. Il n'avait plus qu'une quinzaine, peut-être seulement une douzaine de mètres à franchir. « Imbécile que je suis ! se dit Gilles. Les jeux sont faits ! Dans quelques minutes, il nous tiendra sous la menace de sa mitraillette et il fera de nous ce que bon lui semblera... » Puis, alors qu'il s'y attendait le moins, ce fut la chute. Lâchant prise presque au dernier instant, Jenkins tomba lourdement d'une hauteur de plusieurs mètres.

Les exclamations de frayeur des hommes

restés en haut de la falaise couvrirent celles, étouffées, de Freddy et des siens. Etendu sur le sol, Jenkins ne bougeait plus. Était-il mort ou seulement assommé ?

— Commandant ! criait Johnny. Commandant !...

L'homme étendu sur la grève bougea, se releva à demi, hocha la tête comme pour chasser son étourdissement et essaya de se relever. Il poussa cependant un cri de douleur et se laissa retomber sur le côté.

— Commandant ! crièrent presque en même temps Johnny et Willie. Etes-vous blessé ?

Jenkins poussa un gémissement.

— Je crois que... Ça doit être ma jambe... Johnny, ajouta-t-il d'une voix rauque, il faudra que vous me hissiez à l'aide d'une corde...

— Mais nous n'en avons pas, mon Commandant ! répondit Johnny penaud.

— Fabriquez-en une, tas d'imbéciles ! Avec des lianes...

— Il vous faudra prendre patience, Commandant !... Ça va être long !...

— Je me suis cassé la jambe, Johnny ! Combien de fois dois-je te le dire ? cria Jenkins, exaspéré.

L'île aux fossiles vivants. 8.

— Bien, mon Commandant ! J'y cours !...
Nous y allons !...

Mais Johnny n'eut pas le temps de s'éloigner du bord de la falaise. Les cris d'épouvante que Bill et Willie poussèrent presque en même temps le clouèrent sur place. Lorsqu'il se retourna, la même épouvante lui fit dresser les cheveux sur la tête : un dragon était sorti de l'eau fumante du lac. Dégoulinant d'eau et de vase, il balançait son long cou surmonté d'une immense tête de crocodile et paraissait chercher sa proie. Pataugeant dans les eaux peu profondes au bord du lac, le monstre se dirigeait vers la grève.

— Le *Plésiosaure*... chuchota Jérôme à l'adresse de ses compagnons.

A l'exception de Frankie, étendu par terre, et qui paraissait absent ou sans connaissance, les fugitifs s'étaient serrés, instinctivement, les uns contre les autres. Oncle Too tremblait de tous ses membres et gémissait de terreur.

— Oncle Too, pour l'amour de Dieu, taisez-vous ! murmura de nouveau Jérôme.

Il y avait cependant peu de chances qu'on fît attention à eux. Au pied du promontoire sur lequel ils étaient perchés se jouait un nouveau drame. Le monstre préhistorique avait gagné la grève. Son immense corps balourd, couvert de plaques osseuses, et surmonté d'une crête, avançait lentement sur des pattes courtes et griffues. La bête allait droit sur Jenkins. Le blessé, d'abord paralysé par la frayeur, rassembla toutes ses forces et se mit à ramper. Mais la grève était relativement étroite et la bête avait de telles dimensions que Jenkins ne pouvait en aucun cas se mettre hors d'atteinte.

— Ce monstre est aveugle, chuchota Gilles. Il ne voit pas Jenkins. Il marche vers la lumière, qu'il doit percevoir d'une manière diffuse.

En haut de la falaise, les torches couraient en effet, dans tous les sens, comme prises de folie.

Jenkins, lui, ignorait que le *Plésiosaure* ne le voyait pas. Il se sentait mortellement menacé. Il eut un réflexe malheureux : s'emparant de son Sten, il fit feu sur la bête. Les balles ricochèrent sur les plaques osseuses comme sur une cuirasse d'acier. Mais les rafales déclenchèrent dans la grotte un bruit de tonnerre. Ce fut le bruit qui excita le monstre. Se dressant sur ses pattes arrière, le *Plésiosaure* se mit à gratter la falaise avec ses pattes de devant, tout en fouettant l'air de son immense queue. L'un de ces terribles coups de queue frappa Jenkins en pleine poitrine et l'envoya s'écraser sur la falaise. Le Commandant retomba sur la grève et ne bougea plus.

Debout, le *Plésiosaure* atteignait presque la mi-hauteur de la falaise. Lorsqu'il fit mine de vouloir grimper sur la paroi rocheuse, il y eut des cris d'angoisse et les torches s'éloignèrent à vive allure du bord du précipice.

— Les lâches ! grogna Freddy. Ils oublient le Commandant !...

La grotte et le lac étaient de nouveau plongés dans de profondes ténèbres.

— On allume? demanda Mike, le balafré, au bout d'un instant.

— Non, pas encore ! répondit Jérôme.

Entassés sur le promontoire, les fugitifs attendirent encore longtemps. Ce fut une bien pénible attente. Frankie délirait et réclamait à boire. Malade de peur, oncle Too claquait des dents malgré l'épouvantable chaleur. Enfin, un énorme « plouf » les avertit que le *Plésiosaure* venait de regagner son élément naturel. Ils attendirent encore, puis allumèrent leurs torches. Le monstre avait disparu.

Les fugitifs descendirent sur la grève. Ils s'empressèrent autour de Jenkins. Contre toute attente, le Commandant était encore en vie. Il était évanoui et pourtant gémissait de douleur. Freddy émit l'opinion que Jenkins avait plusieurs côtes fracturées.

Freddy avait ramassé le Sten de Jenkins. Lui et ses compagnons valides se concertèrent sur ce qu'ils allaient faire. Ils décidèrent que — forts de la possession de l'arme et compte tenu du fait que le Commandant blessé constituait un otage — ils devaient tenter coûte que coûte une « sortie ». Mais remonter la falaise qui les séparait de la première salle souterraine ne fut pas une mince affaire. Jérôme réédita son exploit d'alpiniste. La corde enroulée sur son épaule et la torche entre les dents, il remonta la falaise. Cela — tout compte fait — lui fut plus facile que de la descendre. Là-haut, il accrocha solidement la corde au piton. Il fut rejoint par l'oncle Too et Mike, le balafré. Freddy et Boudy s'employèrent de leur mieux pour nouer la corde autour des aisselles des blessés. D'abord Frankie, ensuite Jenkins, furent hissés ainsi, mètre après mètre, avec d'infinies précautions. Leur état cependant supportait mal cet exercice. Frankie, qui était sorti de sa torpeur, s'évanouit de nouveau, et Jenkins, en proie à des douleurs intolérables, gémissait et hurlait des imprécations.

Lorsque tout le monde fut réuni dans la grotte aux *Ptérodactyles*, les fugitifs eurent l'agréable surprise de trouver deux autres

227

armes automatiques. Dans leur panique, les hommes de Jenkins les avaient abandonnées ou s'en étaient débarrassés parce qu'elles entravaient leur fuite éperdue.

La situation avait radicalement changé. Freddy et les siens n'avaient plus rien à craindre.

Sans perdre une minute, Freddy envoya Jérôme et le balafré en avant. Les deux hommes avaient pour mission de fabriquer deux brancards de fortune. Par mesure de précaution, ils emportaient chacun une mitraillette. Ils n'eurent pas besoin de s'en servir. Les alentours de la grotte étaient déserts. Une heure plus tard, ils revenaient sur les lieux avec deux brancards en troncs de bambou attachés avec des lianes.

La petite colonne d'hommes valides et de blessés s'ébranla alors en direction de la sortie de la grotte. Lorsqu'ils eurent gagné l'air libre, l'aube s'était déjà levée. La lune pâlissait dans le ciel pur et seule l'étoile du berger lui tenait encore compagnie. De la forêt montait vers les hauteurs un fort parfum de vanille.

A respirer cette odeur épicée, les frères Notton crurent respirer l'odeur même de la liberté.

Ils avaient parcouru la moitié environ du chemin qui les séparait du camp lorsqu'une

explosion puissante, mais sourde, ébranla
la terre sous leurs pieds. Freddy et ses hommes
se regardèrent d'abord perplexes, puis avec
une espèce d'effroi rétrospectif. Ils entourèrent le brancard de Jenkins.

— Vous avez allumé des explosifs dans la
grotte? demanda Freddy.

Blême de fatigue et de souffrance, Jenkins
fixait son ancien second avec des yeux noirs
et hostiles.

— Non, pas moi... dit-il entre les dents. Peu
importe... c'est moi qui ai donné les ordres...
Vous l'avez échappé belle !...

Gilles et Jérôme se regardèrent : enterrés
vivants... C'était le sort que Jenkins leur avait
réservé... Un sort horrible auquel ils n'avaient
échappé que de justesse... Et les animaux
préhistoriques? Et la grande découverte de
Frankie ? Si l'entrée de la grotte était désormais interdite... Si les voûtes des salles s'é-
taient écroulées... Ce fut avec une profonde
tristesse qu'ils se penchèrent sur le brancard
de leur ami qu'ils venaient de déposer par
terre... Mais Frankie n'était conscient de rien.
Après avoir déliré longtemps, il était plongé
maintenant dans un sommeil profond et qui
augurait bien de sa convalescence.

Les hommes reprirent leur marche, en se
relayant auprès des blessés. Près du village,

des Djin-Djin vinrent à leur rencontre. Ils étaient parés comme pour une fête et les femmes portaient autour du cou des couronnes de fleurs tressées. Ils s'emparèrent d'oncle Too, leur chef, et le portèrent en triomphe sur leurs épaules.

Accompagnés d'un cortège de Djin-Djin hilares, Freddy et ses hommes avancèrent jusqu'à la place au milieu du village. En vain, Freddy, Mike et Dick gardaient-ils le doigt sur la gâchette de leur Sten. Il n'y avait de Johnny, de Willie et de Bill la moindre trace. Se cachaient-ils ou, au contraire, sûrs que leurs adversaires gisaient sous les décombres de la grotte, faisaient-ils preuve d'une suprême insouciance?

Lorsque Jérôme formula tout haut cette alternative, Gilles eut un regard moqueur pour son frère.

— Mon cher frérot est courageux, intelligent, observateur et tout et tout... mais peu psychologue! Regarde les Djin-Djin!... Ne vois-tu pas qu'ils fêtent un véritable changement de régime?...

Epilogue

Gilles avait raison. Une grande fête animait le village des Djin-Djin qui célébraient la chute de Jenkins. Le Commandant qu'ils craignaient et qui les avait tenus sous sa férule avait cessé de faire la loi.

A grand renfort de tam-tams, les indigènes clamaient leur joie. Les femmes dansaient, scandant de leurs pieds nus le rythme sourd des tambours. C'étaient des cris, des rires, des chants. Oncle Too était le grand héros du jour. N'avait-il pas osé pénétrer dans la grotte mystérieuse? N'avait-il pas osé braver le monstrueux dragon qui la hantait? Le chef, très digne, acceptait en souriant l'hommage des siens. Dans l'histoire des Djin-Djin, un chef nommé Too figurerait en bonne place. D'une génération à l'autre, la tradition orale conterait ses exploits et, un jour, pour de petits Djin-Djin émerveillés, il entrerait dans la légende, tel saint Georges combattant le dragon.

Tandis que ses hommes déposaient les deux blessés dans la case de Frankie et leur donnaient les premiers soins, Freddy, toujours armé du Sten de Jenkins, avança jusqu'à la hutte du Commandant. Il en franchit lentement le seuil, l'arme pointée devant lui.

Johnny, Willie, Bill étaient là. Serrés les uns contre les autres. Hagards. Quatre énergumènes lamentables. La peur contractée dans la grotte — une peur qui les tenait encore aux tripes — les rendait soumis et balbutiants. Ils avaient jeté sur le sol de terre battue les quelques armes qu'ils possédaient encore. Ils n'avaient plus aucune volonté et avaient perdu leur morgue. Ils n'étaient plus que des loques. Ils se rendaient.

Les jours suivants, les hommes se relayèrent au chevet des blessés. Frankie retrouvait peu à peu ses forces. Comme naguère pour la blessure de Gilles, l'onguent de l'oncle Too faisait des miracles et Frankie guérissait avec une rapidité stupéfiante. Mais les plantes médicinales du chef Djin-Djin restaient inopérantes sur le Commandant. Jenkins allait de mal en pis. Ses fractures ne pouvaient pas être soignées convenablement avec les moyens du bord. Son corps, miné par la malaria, ne trouvait plus en lui-même les ressources nécessaires pour s'opposer aux complications qu'entraînaient les lésions internes. Mais surtout, Jenkins ne voulait plus vivre. Maintenant, que le retour dans son pays lui paraissait inévitable, il voulait sa fin, ici, dans cette île où personne ne lui reprocherait son passé.

Le retour au pays... Hormis Jenkins, tous les hommes maintenant l'espéraient. Aussi, quelques jours après leur évasion manquée, Freddy réunit-il ses compagnons. Jenkins paraissait dormir. Frankie, bien que toujours allongé, avait toute sa connaissance. Freddy décida que le naturaliste devait participer à leurs nouveaux projets et tous s'assirent donc, en demi-cercle, devant la case des blessés.

— Il n'est plus question pour nous, maintenant, de rejoindre une autre île avec la pirogue de l'oncle Too, déclara Freddy.

Un murmure d'approbation générale convainquit le nouveau Commandant qu'aucun de ses hommes ne s'opposerait désormais au retour.

— Je propose donc, enchaîna-t-il, que nous allumions jour et nuit des feux sur les falaises pour signaler notre présence. Ils finiront bien un jour ou l'autre par attirer l'attention d'un navire ou d'un avion...

— Peut-être pourrait-on aussi poster un guetteur, près des feux, suggéra Jérôme.

— Oui, c'est là une excellente idée. Nous

233

ferons le guet à tour de rôle et... avec un peu de chance... nous pourrons enfin quitter cette île de malheur !...

Un sourd gémissement interrompit Freddy. Jenkins s'était-il éveillé ? Les avait-il entendus ? Ou bien délirait-il ?

Freddy désigna Boudy pour demeurer en permanence auprès des blessés. Ses yeux malades en auraient fait un bien mauvais guetteur.

Tous se mirent fiévreusement à la recherche de bois sec dont ils confectionnaient ensuite des fagots. Mike le Balafré en chargea un sur son dos, imité par Johnny et par Dick. Puis ils se rendirent jusqu'à la falaise où Mike fut le premier à prendre la garde près des feux. Les minces colonnes de fumée de trois bûchers groupés s'unissaient pour ne former qu'une large bande grise tranchant sur le bleu du ciel.

Le soir de cette même journée, Jenkins ferma les yeux pour ne plus les ouvrir. Peut-être avait-il surpris la conversation de Freddy... Peut-être avait-il le pressentiment du sauvetage prochain. Muré dans son orgueil, il avait pris les devants. Ses compagnons l'enterrèrent à la lisière de la forêt vierge. Freddy prononça gravement sur sa tombe une brève oraison funèbre qui finissait par ces mots : « Ce fut un homme courageux et fier. Comme nous autres, ses camarades, il a péché contre la loi des hommes. Mais d'une certaine façon il s'est racheté en restant fidèle à lui-même. »

*
* *

Le lendemain, tandis que le manchot faisait à son tour le guet sur la falaise, Gilles et Jérôme entreprirent une brève expédition jusqu'à la grotte. Elle était méconnaissable. Toute une partie de la montagne s'était effondrée sous l'effet de l'explosion.

— Crois-tu que les animaux préhistoriques soient encore vivants? demanda Gilles. Et sans attendre la réponse de son frère, il ajouta: S'ils manquent d'air, ils sont condamnés, comme tout animal quel qu'il soit.

— Oui, approuva Jérôme. L'accès au lac souterrain est fermé à jamais. A jamais engloutie dans les entrailles de la terre la fabuleuse découverte de Frankie.

— Pauvre Frankie! Comme il sera déçu lorsque nous lui apprendrons cette nouvelle.

Les deux garçons revinrent au camp le cœur lourd.

Ils arrivaient près de la case de Frankie lorsqu'un sonore «Gare au malotru!» trompetta à leurs oreilles. Le perroquet voletait autour d'eux. Il roula un retentissant « Râââ... â ! » et repartit, tel un bon chien de garde, avertir son maître qu'il allait recevoir une visite. « Gare au malotru... Gare au malotru ! »

— Bonjour, mes amis, dit Frankie, apparaissant sur le seuil de la hutte.

Le perroquet se cramponnait à son épaule, toujours bandée.

— Debout, vous êtes debout, fit Gilles, heureux de constater que le naturaliste était tout à fait rétabli.

— Vous voyez ! Pas encore très solide... mais... je viens tout juste de me lever. Boudy m'a appris que vous étiez partis tous les deux au petit matin vers la grotte?

Gilles échangea un long regard avec Jérôme. Ni l'un ni l'autre n'avait le courage de parler. Enfin, Gilles se décida :

— Nous allons vous faire de la peine...

— Qu'y a-t-il, voyons? Vous n'avez pas...

— Il n'y a plus de grotte ! dit Gilles, très vite.

— Quoi?

Frankie eut du mal à concevoir le sens de ce qu'il venait d'entendre. Quand il comprit enfin, ses traits s'altérèrent profondément.

Frankie se disait que désormais personne ne croirait aux élucubrations d'un pauvre homme que ses propres compagnons avaient pris pour un fou avant de *le* voir, eux-mêmes, de leurs yeux! Ah! pourquoi avait-il fallu qu'il renonçât à garder au moins un spécimen de ces étonnants *Ptérodactyles*? Ainsi il ne lui restait que son carnet de notes et le témoignage d'une poignée de gens. Cela suffirait-il pour emporter la conviction de ces hommes prudents et méfiants que sont les savants?

Comme les frères Notton l'avaient craint, Frankie fut profondément affecté par la nouvelle de la disparition de la grotte et des animaux préhistoriques. Pendant des jours, il rumina cette dernière défaite que l'île lui infligeait.

Un mois s'était écoulé et nul avion, nul navire n'avait croisé dans les parages de l'île. Après tant d'années passées sur cette langue de terre, un tel désir brûlait ces hommes de la quitter que chaque jour qui passait leur était un calvaire. Ils s'étaient volontairement rayés du monde. Le monde avait oublié jusqu'à l'existence de cette île. Oui, ils semblaient bien perdus!

Seuls Jérôme et Gilles ne désespéraient pas. Ils continuaient avec opiniâtreté à entretenir les feux sur la falaise et à guetter un horizon parfaitement vide. Johnny, Willie et Bill avaient renoncé à cette tâche. Freddy et les siens, aiguillonnés par les deux jeunes gens,

les remplaçaient quelquefois. Mais y croyaient-
ils encore ?

Ce matin-là, Gilles grimpa jusqu'à la falaise
pour relayer Freddy qui, toute la nuit, avait
alimenté les feux. L'homme avait les traits
tirés, la mine défaite.

— Rien, dit-il d'une voix lasse.

Il jeta sur son épaule le vieux chandail qui
l'avait protégé du froid nocturne et, sans
ajouter un seul mot, tourna brusquement
les talons et repartit vers le camp.

Gilles haussa les épaules et, pour chasser
le découragement qui le gagnait à son tour,
se mit à siffloter. Il se pencha au-dessus de l'un
des feux qui se mourait et y jeta une nouvelle
brassée de brindilles. Une petite flamme
s'échappa du tas de cendres rougeoyant,
s'empara des sarments et tout le feu, gagné
d'une nouvelle ardeur, exhala un souffle
d'âcre fumée jaune. Les yeux larmoyants,
Gilles se mit à tousser. Ce fut lorsqu'il releva
la tête que le jeune garçon aperçut un point
sombre à l'horizon. « Est-ce possible ? Je
rêve... » pensa-t-il. Il ferma les yeux, se
frotta énergiquement les paupières, puis fixa
intensément la ligne d'horizon. Le point
avait grossi et se détachait nettement sur
l'écran limpide de la mer. Gilles demeura
un instant immobile, comme paralysé. Il fut

pris soudain d'un doute affreux. Et si, de ce point qui paraissait si lointain, on n'apercevait pas ses signaux de détresse? Alors, fébrilement, il se mit à jeter sur les trois foyers les plus gros morceaux de troncs de bambous qu'il pouvait trouver dans les fagots rassemblés. Le bois brûlait en donnant une fumée de plus en plus épaisse. Maintenant, la silhouette du navire se découpait nettement sur la surface lisse de l'océan. Plus de doute possible. Cette fois, Gilles pouvait alerter ses compagnons. Il activa une nouvelle fois les feux et dévala la falaise à une allure folle.

— Un bateau ! Un bateau !

Le cri avait tiré les hommes de leur torpeur. Gilles n'avait pas ralenti sa course et, un à un, ses compagnons, s'agglutinant derrière lui, se mirent à courir jusqu'au rivage. Là, muets, ils suivirent longtemps les mouvements du navire. Un moment, ils crurent que le bateau, une fois de plus, passerait au large de l'île. Comme sorti d'une seule poitrine, un énorme soupir s'échappa du groupe. Puis, soudain, le vapeur parut changer de cap. Non. Ils ne se trompaient pas : les sauveteurs approchaient, ils avaient aperçu la fumée et avaient décidé d'en examiner la cause et l'origine.

Le vapeur, un bananier battant pavillon hollandais, relâcha dans la baie. Une baleinière

239

fut mise à l'eau. Elle fut accueillie sur la plage par les cris de joie que poussaient des hommes hirsutes et décharnés.

Dès lors, l'aventure était finie. Le bananier recueillit les rescapés de l'île et les transporta jusqu'à Midway où il faisait escale. Alerté, le consul néo-zélandais s'occupa du retour au pays de ses compatriotes. Avec l'aide du consul français, Jérôme et Gilles purent télégraphier à leur père. Quarante-huit heures plus tard, l'ingénieur Notton arrivait à Midway par un avion d'Air France. L'émotion du père et de ses deux fils, qui se retrouvaient après tant de mois d'une séparation que l'un et les autres pouvaient croire définitive, n'eut pas besoin de paroles pour s'exprimer.

Après un bref séjour à Mururoa, le lieu de travail de leur père en Polynésie, Gilles et Jérôme regagnèrent Paris afin de reprendre leurs études. C'est là qu'ils furent rejoints par une lettre de Frankie.

Le naturaliste leur écrivait entre autres :

« Jenkins s'exagérait les difficultés de notre retour. Les hommes oublient, peut-être même trop vite. Nos histoires vieilles de plus de vingt ans n'intéressent plus personne. Les héros de Guadalcanal n'ont pas été fêtés. Les déserteurs de l'île Puy Nô n'ont pas été blâmés. Hélas, d'autres guerres sont en cours.

En mon âme et conscience, je ne puis même pas affirmer qu'elles sont aussi justes que la nôtre. Johnny et Willie se sont rengagés. Moi, j'ai repris mes cours à l'université. Sur la base de mes notes, j'ai fait une communication à l'Académie des Sciences. Ce que je relate n'a pas trouvé beaucoup de crédit. Je crains que votre témoignage ne soit pas considéré comme d'un poids suffisant pour emporter la conviction. On parlera un jour des monstres préhistoriques de notre île comme on parle de ceux des lacs sibériens ou canadiens. C'est-à-dire comme d'une curiosité qui attend encore d'être étudiée ou confirmée par de véritables travaux scientifiques. C'est mieux que rien. C'est même beaucoup. Tant que l'esprit de l'homme reste en alerte, rien n'est perdu. Tant qu'au milieu de la guerre et des souffrances la science et la conscience des hommes progressent, tous les espoirs restent permis. »

Note de l'auteur :

Les personnages et les événements de ce petit roman ne relèvent bien entendu que de la fiction. L'auteur s'est inspiré néanmoins d'un certain nombre de données historiques ou scientifiques qui ont servi de tremplin à son imagination. L'aventure des anciens marines dans l'Ile aux Fossiles vivants qui sert de refuge aux jeunes héros du roman repose sur des événements réels consignés dans les ouvrages « LES MARINES DANS LA GUERRE DU PACIFIQUE » de Robert Leckie (1) et « LES SOLDATS OUBLIÉS DE MINDANAO » de John Keats (2). Plusieurs ouvrages, qu'il serait fastidieux de mentionner ici, ont renseigné l'auteur sur les animaux préhistoriques. L'œuvre de Tim Dinsdale : « THE LEVIATHANS », fait l'inventaire des réalités et des légendes concernant les monstres préhistoriques qui hanteraient encore certaines régions privilégiées du globe. Enfin quelques manuels spé-

(1) et (2) : Ouvrages publiés par les Éditions Robert Laffont.

cialisés, dont « *APPRENEZ LA RADIO* », de *Marthe Douriau*, ont permis à l'auteur de préciser ses connaissances sur la construction et l'utilisation des appareils de radio. Des notions scientifiques, acquises par l'auteur tout au long de sa vie, mais dont il ne saurait plus donner les références, ont également contribué à rendre vraisemblables certains passages du roman. Mais, pour un écrivain, la culture scientifique, comme la culture tout court, ne constitue qu'un terroir sur lequel s'épanouit la liberté de l'invention.

Table

NAGER POUR SA VIE 7

UNE ÎLE PERDUE 19

LES SOLDATS OUBLIÉS 33

LA RADIO EST EN PANNE 47

UN CALENDRIER BIZARRE......... 63

ONCLE TOO 79

LE PUZZLE 97

« IL Y A UN TRAÎTRE PARMI NOUS ! ». 121

RENDEZ-VOUS AVEC LA PRÉHISTOIRE 139

LE SULFURE DE PLOMB........... 165

L'EXPÉRIENCE DE LA DERNIÈRE

CHANCE 179

« PERSONNE NE QUITTERA CETTE

ÎLE ! »........................ 187

L'ÉVASION MANQUÉE 201

JENKINS PERD LA PARTIE......... 213

ÉPILOGUE 231

Table

Collection folio junior

Série "plein vent"

DÉJA PARUS

Le prince d'Omeyya *par Anthony fon Eisen*

Sur sa jument Saffana, le jeune prince d'Omeyya échappe aux meurtriers de sa famille. Une impitoyable poursuite et une fabuleuse chevauchée à travers l'Empire arabe.

Le cimetière des cachalots *par Ian Cameron*

Parti à la recherche du légendaire cimetière des cachalots, Donald Ross disparaît au cœur des glaces arctiques. Ses sauveteurs devront affronter les mystérieux Eskimos blonds.

Alerte à Mach 3 *par Donald Gordon*

On l'a baptisé le Star Raker ; c'est le plus récent des avions supersoniques volant à Mach 3. Le prototype est au point : la construction en série peut commencer. C'est alors que les difficultés se multiplient : et d'abord, les meilleurs pilotes d'essai sont atteints d'une maladie mystérieuse...

Le soleil d'Olympie *par Jean Séverin*

La trêve sacrée vient interrompre la guerre entre Sparte et Athènes. Place aux joutes pacifiques du stade où le jeune Philippe et son quadrige de chevaux blancs vont faire merveille.

Kopoli, le renne guide *par Jean Coué*

En Laponie, dans le Grand Nord glacé... La migration d'un clan sous la conduite d'un renne : Kopoli. La lutte des hommes et des animaux contre les fauves et le froid.

L'île aux fossiles vivants *par André Massepain*

Naufragés en plein Pacifique, Gilles et Jérôme abordent à une île peuplée d'étranges fossiles. Un récit haletant qui transporte de l'actualité la plus brûlante aux temps préhistoriques.

Pièges sous le Pacifique *par Willard Price*

Les fonds du Pacifique cachent de terribles monstres marins. On peut y rencontrer aussi des pilleurs d'épaves qui ne sont pas moins implacables.

La vallée des mammouths *par Michel Peyramaure*

Il y a trente ou quarante mille ans : une nouvelle *Guerre du feu* écrite à la lumière des dernières découvertes de la préhistoire.

Austerlitz *par Claude Manceron*

La plus fameuse victoire de Napoléon reconstituée et racontée par le célèbre historien, auteur des *Hommes de la liberté*.

Sierra brûlante *par Pierre Pelot*

Evadés d'une réserve, un Indien navajo, sa femme et son fils traversent le désert. Persuadé que le fuyard a tué son père, Walker organise une impitoyable chasse à l'homme.

L'homme de la rivière Kwaï *par Jean Coué*

L'ancien aviateur Andrews Connaway se rend, trente ans après la dernière guerre mondiale, en Thaïlande pour retrouver la tombe de Eddie Barnès, son meilleur ami. Mais Connaway trouvera la tombe ouverte. Qu'est devenu Eddie Barnès ?

L'histoire d'Hellen Keller *par Lorena A. Hickok*

La vie de l'héroïne du captivant Miracle en Alabama. La lutte d'une jeune fille sourde, aveugle et muette contre l'infirmité et sa victoire sur la nuit et le silence.

Cet ouvrage
a été achevé d'imprimer
sur les presses de l'Imprimerie Bussière
à Saint-Amand (Cher), le 18 août 1987.
Dépôt légal : août 1987.
1er dépôt légal dans la collection : février 1980.
ISBN 2-07-033106-7
Imprimé en France
(2061)

Cet ouvrage
a été achevé d'imprimer
sur les presses de l'Imprimerie Bussière
à Saint-Amand (Cher), le 14 août 1972.
Dépôt légal : août 1987
1er dépôt légal dans la collection : février 1988
ISBN 2-07-033106-1
Imprimé en France
(3747)

41622